LES GRATITUDES

Du même auteur

Jours sans faim, Grasset, 2001 ; J'ai Lu, 2009.

Les Jolis Garçons, Jean-Claude Lattès, 2005 ; Le Livre de Poche, 2010.

Un soir de décembre, Jean-Claude Lattès, 2005 ; Le Livre de Poche, 2018.

No et moi, Jean-Claude Lattès, 2007 ; Le Livre de Poche, 2009.

Les Heures souterraines, Jean-Claude Lattès, 2009 ; Le Livre de Poche, 2011.

Rien ne s'oppose à la nuit, Jean-Claude Lattès, 2011 ; Le Livre de Poche, 2013.

D'après une histoire vraie, Jean-Claude Lattès, 2015 ; Le Livre de Poche, 2017.

Les Loyautés, Jean-Claude Lattès, 2018.

Ouvrages collectifs :

« Cœur ouvert », in *Sous le manteau*, nouvelles, Flammarion, 2008.

« Mes jambes coupées », in *Mots pour maux*, nouvelles, Gallimard, 2008.

www.editions-jclattes.fr

Delphine de Vigan

LES GRATITUDES

Roman

JC Lattès

Maquette de couverture : Fabrice Petithuguenin
Photographie : © Alain Lamour

ISBN : 978-2-7096-6396-0

1re édition : mars 2019

« Nous rions, nous trinquons. En nous défilent les blessés,
Les meurtris ; nous leur devons mémoire et vie. Car vivre,
C'est savoir que tout instant de vie est rayon d'or
Sur une mer de ténèbres, c'est savoir dire merci. »

François Cheng, *Enfin le royaume*

« Où vont les mots
Ceux qui résistent
Qui se désistent
Ceux qui raisonnent
Et empoisonnent ? [...]
Où vont les mots
Ceux qui nous font et nous défont
Ceux qui nous sauvent
Quand tout se sauve ? »

La Grande Sophie

MARIE

Vous êtes-vous déjà demandé combien de fois par jour vous disiez merci ? Merci pour le sel, pour la porte, pour le renseignement.

Merci pour la monnaie, pour la baguette, pour le paquet de cigarettes.

Des *merci* de politesse, de convenance sociale, automatiques, mécaniques. Presque vides.

Parfois omis.

Parfois exagérément soulignés : Merci à toi. Merci pour tout. Merci infiniment.

Grand merci.

Des *merci* de profession : Merci pour votre réponse, votre attention, votre collaboration.

Vous êtes-vous déjà demandé combien de fois dans votre vie vous aviez réellement dit merci ? Un vrai merci. L'expression de votre gratitude, de votre reconnaissance, de votre dette.

À qui ?

Au professeur qui vous a guidé vers les livres ? Au jeune homme qui est intervenu le jour où vous avez été agressé dans la rue ? Au médecin qui vous a sauvé la vie ?

À la vie elle-même ?

Aujourd'hui, une vieille dame que j'aimais est morte.

Je disais souvent : « Je lui dois énormément. » Ou : « Peut-être que sans elle, je ne serais plus là. »

Je disais : « Elle compte beaucoup pour moi. »

Compter, devoir, est-ce ainsi que se mesure la gratitude ?

Mais l'ai-je assez remerciée ? Ai-je suffisamment montré ma reconnaissance ? Ai-je été assez proche, assez présente, assez constante ?

Alors je pense aux derniers mois, aux dernières heures. Nos conversations, nos sourires, nos silences.

Me reviennent les instants partagés. D'autres ont disparu. Et s'inventent ceux que j'ai manqués.

J'essaie de retrouver ce jour où j'ai compris que quelque chose avait basculé et que le temps dorénavant nous serait compté.

C'est venu d'un coup. Du jour au lendemain.

Je ne dis pas qu'il n'y a pas eu de signes avant-coureurs. Parfois, Michka s'arrêtait au milieu de son salon, désorientée, comme si elle ne savait plus par quoi commencer, comme si le rituel, si souvent répété, soudain lui échappait. D'autres fois, elle s'arrêtait au milieu d'une phrase, elle butait, au sens propre, contre quelque chose d'invisible. Elle cherchait un mot et en rencontrait un autre. Ou bien ne rencontrait rien, que le vide, un piège qu'il fallait contourner. Mais pendant tout ce temps, elle vivait seule, chez elle. Autonome. Et elle continuait de lire, de regarder la télévision, de recevoir quelques visites.

Et puis il y a eu ce jour d'automne, que rien n'avait annoncé.

Avant, ça allait. Après, ça n'allait plus.

Je l'imagine dans son appartement au plafond bas, elle est seule, assise dans son fauteuil. Derrière elle, les rideaux sont tirés mais, par l'interstice, on devine la lumière de l'après-midi. La peinture des murs est un peu jaunie. Les meubles, les tableaux, les bibelots sur les étagères, tout, autour d'elle, semble venu d'un temps lointain.

Elle s'appelle Michka. C'est une vieille dame aux allures de jeune fille. Ou une jeune fille devenue vieille par inadvertance, victime d'un vilain sort. Ses mains longues et noueuses sont agrippées aux accoudoirs du fauteuil comme si elle risquait de chavirer.

Soudain, plusieurs bips transpercent le silence. Michka paraît surprise, cherche près d'elle, observe le bracelet qu'elle porte au poignet comme si les sons pouvaient provenir de cet objet étrange et laid, qu'elle a fini par se laisser convaincre de porter.

Puis la voix de l'opératrice de téléassistance s'élève dans la pièce.

— Bonjour madame Seld, ici Muriel de la téléassistance, vous avez appuyé sur l'alarme ?

— Oui…

— Vous êtes tombée ?

— Non, non.

— Vous ne vous sentez pas bien ?

— Pas tellement.

— Vous pouvez m'expliquer un petit peu ?

— J'ai peur.

— Est-ce que vous pouvez me dire où vous êtes, madame Seld ?

— Dans le salon.

— Vous êtes blessée ?

— Non, mais… Je suis en train de perdre.

— Vous avez perdu quelque chose ?

Michka s'agrippe plus fort, elle a la sensation que le fauteuil tangue sous son poids, à moins que ce soit le sol qui se dérobe. Elle ne répond pas.

— Vous êtes assise ?

— Oui, je suis dans mon fauteuil. Mais je ne peux plus bouger.

— Vous ne pouvez plus vous lever ?

— Non.

— Depuis quand vous êtes dans votre fauteuil, madame Seld ?

— Je ne sais pas, depuis ce matin, je crois. Après le petit déjeuner, je me suis assise comme d'altitude, pour mes mots croisés. Mais je n'ai rien trouvé. Et puis après, j'ai… j'ai voulu… Je n'ai pas pu me relever… Je perds tout, c'est pour ça.

— Qu'est-ce que vous avez perdu, madame Seld ?

— Cela ne se voit pas. Mais je le sens. Ça s'écharpe… Ça s'échappe.

— Est-ce que vous pouvez bouger les jambes, madame Seld ?

— Non, non, non, je ne peux plus. C'est fini. J'ai peur.

— Vous ne pouvez vraiment pas vous lever ?

— Non.

— Vous avez déjeuné ce midi ?

— Pas tellement.

— Donc vous êtes dans votre fauteuil depuis ce matin et vous n'avez pas bougé ?

— Voilà. C'est ça.

— Je vais appeler un de vos proches qui est sur la liste, vous êtes d'accord ?

— Oui.

Je suis sûre que Michk' a entendu les doigts de l'opératrice glisser à toute vitesse sur le clavier.

— J'ai le nom de mademoiselle Marie Chapier. Je l'appelle ?

— Je ne sais pas…

— C'est votre fille ?

— Non.

— Souhaitez-vous que je l'appelle ?

— Oui, s'il vous plaît. Dites-lui que je ne voulais pas la… démanger, mais c'est parce que je suis en train de perdre quelque chose, quelque chose d'important.

Une musique de supermarché a remplacé la voix de l'opératrice. Michka ne bouge pas, elle regarde droit devant elle, dans cette position d'attente concentrée que je connais bien. Après quelques secondes, la voix de l'opératrice revient.

— Madame Seld, vous êtes toujours là ?

— Oui.

— Marie vient vous retrouver tout de suite. Elle dit qu'elle sera là dans vingt, vingt-cinq minutes. Elle va prévenir votre médecin.

— D'abord.

Elle a dit « d'abord » exactement sur le ton qu'on emploie pour dire d'accord.

— D'abord quoi ?

— Oui, d'abord.

— Je ne suis pas loin, madame Seld. Je vais continuer mon travail mais si vous ne vous sentez pas bien, vous appuyez de nouveau sur le bouton de votre bracelet et c'est moi qui serai en ligne, d'accord ?

— Oui, d'abord. Merci.

Michka reste assise, les mains posées sur les accoudoirs. Elle tente de calmer sa respiration.

Elle ferme les yeux.

Au bout de quelques instants, elle entend une voix de petite fille.

Est-ce que je vais dormir chez toi ? Tu laisseras la lumière ? Tu restes là ? Tu peux laisser la porte ouverte ? Tu restes à côté de moi ?

Elle sourit. La voix de la petite fille est un souvenir à la fois doux et douloureux.

On pourra prendre le petit déjeuner toutes les deux ? T'as peur, toi ? Tu sais où est mon école ? T'éteins pas, hein ? Tu m'accompagneras si maman ne peut pas ?

J'ai sonné un coup bref et j'ai mis aussitôt la clé dans la serrure.

Je suis entrée dans la pièce et je l'ai trouvée là, cramponnée à son fauteuil comme s'il était maintenant emporté par le courant.

Je me suis approchée d'elle et je l'ai embrassée. J'ai perçu le parfum sucré de sa laque dont le pouvoir de réminiscence reste pour moi, encore aujourd'hui, intact.

— Ben alors, Michk', qu'est-ce qui se passe ?

— Je ne sais pas. J'ai peur.

— Je vais t'aider à te lever, d'accord ?

— Non non non.

— Mais Michk', je suis venue il y a trois jours, tu marchais bien, avec ta canne. Je suis sûre que tu peux te lever.

J'ai passé mes bras autour d'elle pour l'aider à se mettre debout. Elle a pris appui sur les accoudoirs pour se donner de l'élan. Elle s'est retrouvée sur ses jambes, étonnée elle-même, elle chancelait un peu mais parvenait à maintenir la position.

— Tu vois…

— Je t'ai raconté quand je suis tombée dans le salon ?

— Oui, Michka, tu m'as raconté.

— La bête la première !

Je lui ai tendu sa canne puis je me suis placée de l'autre côté pour qu'elle puisse prendre mon bras.

— Allez, en route !
— Attention, hein…
— Tu dois mourir de faim…
Nous nous sommes dirigées vers la cuisine. Elle s'accrochait à moi et avançait à petits pas. Peu à peu, j'ai senti qu'elle reprenait confiance.
— C'est pas si pire…

Mais à partir de ce jour, Michka n'a plus été capable de rester seule.

Dans une pièce impersonnelle, Michka est assise en face d'un bureau sur lequel on distingue des piles de dossiers. De l'autre côté, le large fauteuil en cuir noir est vide.

Elle chante une chanson comme pour se rassurer elle-même.

Pauvre soldat revient de guerre,
Tout doux.
Pauvre soldat revient de guerre,
Tout doux.
Mal équipé, tout mal vêtu,
Un pied chaussé et l'autre nu,
Tout doux.
S'en va trouver dame l'hôtesse,
Tout doux.
S'en va trouver dame l'hôtesse,
Tout doux.
« Qu'on apporte ici du vin blanc
Que le soldat boive en passant ! »
Tout doux.

Une femme à l'allure austère entre dans la pièce. Elle porte un énorme dossier qu'elle laisse tomber sur la table avec brutalité. Elle observe Michka sans un sourire. Ses ongles sont immenses et peints d'une couleur foncée. Elle prend place sur le fauteuil et s'adresse à elle froidement.

— Est-ce que vous pouvez vous présenter, madame Seld ?

Michka est soudain très intimidée.

— Eh bien... Je m'appelle Michèle Seld, mais on m'appelle Michka.

— Très bien. Vous êtes mariée ?

— Non.

— Vous avez des enfants ?

— Non.

La directrice laisse peser le silence. Elle attend des précisions.

— Je... J'ai voyagé beaucoup pour mon travail. Je faisais des reportages photographiques pour des magazines. Et puis plus tard, j'ai travaillé dans un journal, comme correctrice. Je relisais les articles. Rien ne m'échappait : les coquilles, les fautes de syntaxe, les erreurs de conjugaison, les répétitions...

La directrice l'interrompt.

— Pour quelle raison souhaitez-vous quitter votre poste actuel ?

Michka ne comprend pas la question. Elle ne peut dissimuler la lueur d'affolement qui passe dans son regard. Elle cherche autour d'elle quelqu'un qui pourrait l'aider, mais elle est seule face à cette femme qui pianote sur la table avec impatience parce qu'elle tarde à répondre. Sur le formica, les ongles de la directrice produisent une sorte de petit crissement mat.

— En fait... je dois vous avouer que je suis à la retraite depuis longtemps.

La femme ricane de manière indéchiffrable. Puis elle soupire avec ostentation.

— Je vais vous poser la question autrement, madame Seld : qu'est-ce qui a suscité votre intérêt pour notre établissement ?

— Je me suis peut-être trompée de chambre, enfin... de bureau... Je ne savais pas qu'il fallait passer par là, je veux dire qu'il fallait faire ça.

La directrice ne masque plus son exaspération.

— Madame Seld, vous êtes en train de passer un entretien de recrutement pour obtenir une place dans un Ehpad. (À mesure qu'elle parle, sa voix est de plus en plus cassante.) Il s'agit de nous montrer le meilleur de vous-même car nous recevons d'innombrables candidatures, dois-je vous le rappeler ?

— Non, non... bien sûr, je comprends. Mais je n'ai rien préparé, je ne savais pas qu'il fallait passer un entretien de recrutement.

La femme s'emporte.

— Mais enfin qu'est-ce que vous croyez, madame Seld ? Qu'on accueille ici n'importe qui, n'importe comment ? Mais vous rêvez ! Il n'y a pas de place pour tout le monde, vous le savez très bien ! Pas de place ! C'est pareil pour tout ! Quoi que vous fassiez, il faut passer des tests, des entretiens, des concours, des examens, des épreuves, des compétitions, des interrogatoires ! Vous devez montrer votre adhésion, votre implication, votre motivation, votre détermination ! À l'école, au travail, à l'université, partout, madame Seld, oui, partout, partout, partout, nous devons trier, sélectionner, élire ! Nous n'avons pas le choix. Distinguer le bon grain de l'ivraie, même dans les Ehpad ! Ainsi va le monde, ce n'est pas moi qui dicte les règles, mais c'est moi qui les applique !

Michka semble impressionnée.

— Vous voulez dire qu'il faut montrer patte blanche.

— Absolument : quels sont vos points forts, quelle est votre pire faiblesse, quels sont vos axes d'amélioration, quelle est votre marge de progression, votre indice de perfectibilité ?

— Je suis une vieille dame, vous savez.

— C'est bien ça le problème, madame Seld.

— En fait je… je ne peux plus rester chez moi. J'ai peur… Je perds des choses… J'ai peur que ça s'aggrave.

La femme soupire une nouvelle fois. Ostensiblement.

— Vous ne me facilitez pas la tâche. Est-ce que vous savez danser au moins ?

— Oui, un peu.
— Montrez-moi.

Michka se lève. D'un pas hésitant d'abord, elle s'écarte du bureau. Puis elle commence à danser, avec des gestes de petite fille. Elle tourne sur elle-même, les bras en fleur au-dessus de la tête. Elle se hisse sur les pointes, elle est gracieuse. Peu à peu, son corps s'assouplit, elle se prend au jeu et danse de mieux en mieux, ses gestes se délient, elle sourit.

On dirait maintenant une jeune fille, les mouvements sont précis et maîtrisés. Elle rayonne.

La femme note quelque chose sur son dossier. Puis, sans un mot, se lève et quitte la pièce.

Michka reste seule au milieu d'un rond de lumière, elle continue de danser pour elle-même.

Puis elle passe dans l'ombre et disparaît.

Les rêves, elle les racontait plusieurs fois. Il y avait des variantes. Soit parce que le souvenir, peu à peu, se précisait, soit parce qu'elle ajoutait quelques détails qu'elle jugeait plus frappants, pour que nous – nous qui allions et venions comme bon nous semblait, nous qui étions en pleine possession de nos moyens – puissions saisir le sentiment de terreur qui la submergeait.

Le jour du rendez-vous est arrivé. Michka est assise à la même place que dans son rêve. Mais je suis là, à côté d'elle.

Toutes les deux face au bureau, nous attendons la directrice. Michka est tendue comme s'il s'agissait d'un grand oral.

— Ne t'inquiète pas, Michk', ça va aller. C'est juste pour faire connaissance.

— Tu es sûre qu'il ne faut pas passer un entretien de… renseignements… montrer patte flanche… pour être acceptée ?

— Mais non, tu vas voir.

Je la regarde et je lui souris. Son visage semble se détendre un peu. Elle en profite pour m'observer avec une perplexité surjouée.

— Tu te coiffes ?

— Oui, Michk', je me coiffe.

Une femme entre dans le bureau. Elle est douce et avenante, elle porte une tenue claire.

La femme dépose un dossier devant elle.

Elle s'adresse à Michka.

— Si je comprends bien, madame Seld, vous étiez autonome jusqu'à il y a quelques semaines ?

Michka acquiesce avec prudence, elle se méfie.

— Mais aujourd'hui, vous ne pouvez plus du tout rester seule... D'après votre médecin, vous avez fait plusieurs chutes au cours des derniers mois, dont une qui a nécessité une courte hospitalisation. Vous avez des vertiges, ce qui explique en partie vos craintes et votre difficulté à vous déplacer quand vous êtes chez vous.

Michka approuve d'un léger mouvement du menton. La dame continue de parcourir le dossier.

— Vous sortez dans la rue ?

— Un peu, avec Marie. Une fois par semaine. Avant, je faisais des tours de balcon, chez moi, mais maintenant je n'y arrive plus.

— Des tours de balcon ?

— Oui, de long en charge, comme les prisonniers... Dix longueurs, et même parfois vingt, quand j'étais en forme. Chaque longueur vaut dix pas, plus deux dans la largeur, ça fait douze, je vous laisse faire... l'escompte.

La directrice observe Michka, elle cherche à évaluer quelle est la part d'autodérision dans son propos. Mais il n'y en a pas. Michka est fière : cent vingt pas par jour, ce n'est pas rien.

Elle me regarde comme on passe le relais, c'est à moi de continuer.

— Quand je viens, on essaie toujours de faire une balade dehors, mais Michka est de plus en plus craintive, à cause des chutes, et de tout ce qui se passe autour, ça va trop vite pour elle : les enfants, les gens pressés.

— Vous avez envisagé le maintien à domicile ?

— Oui, bien sûr. Mais le problème, c'est d'avoir quelqu'un jour et nuit. Michka ne peut plus rester seule, plus du tout. Elle a peur.

Michka précise :

— La nuit, il y a les… cauchemars.

— J'ai pensé qu'elle pourrait s'installer chez moi, mais elle ne veut pas en entendre parler.

— Ah non ! C'est au sixième étage sans défenseur et puis il n'y a aucune raison que Marie s'occupe de moi !

La directrice m'interroge du regard. Mais moi je regarde Michka et je veux qu'elle me regarde aussi. J'attends que ses yeux délavés se hissent à ma hauteur et fassent le point sur mon visage.

— Si, Michk', justement, il y a pas mal de raisons.

— Non. C'est hors de gestion. Les vieux, tu sais, ça pèse lourd. Ça ne va pas s'arranger. Je sais très bien comment ça se casse, tu peux me croire.

La directrice nous observe toutes les deux, puis s'adresse à moi.

— Donc pour l'instant, c'est vous qui êtes installée chez madame Seld ?

— Oui, en tout cas la nuit. Dans la journée, j'ai trouvé quelqu'un qui prend le relais, quand je suis au travail.

— Je vous appellerai dès qu'une place se libère. Nous sommes en lien avec le médecin traitant qui a appuyé la demande. Cela devrait pouvoir se faire rapidement, mais je ne peux pas vous donner de délai. Cela dépend… des départs.

La directrice se lève. Michka me regarde, attendant mon signal. Je l'aide à se mettre debout et à attraper sa canne.

À petits pas, nous sortons de la pièce.

Elle tire derrière elle la porte de son appartement, cette porte qu'elle a fermée des centaines de fois, mais aujourd'hui, elle sait que c'est la dernière. Elle tient à tourner elle-même la clé dans la serrure. Elle sait qu'elle ne reviendra plus. Elle n'accomplira plus jamais ces gestes qu'elle a répétés des centaines de fois, allumer la télévision, lisser le couvre-lit, laver la poêle, baisser les stores à cause du soleil, accrocher sa robe de chambre à la patère de la salle de bain, taper sur les coussins du canapé pour qu'ils reprennent une forme qu'ils ont perdue depuis longtemps. Elle a donné les meubles, le lit, le magnétoscope, les casseroles, le grille-pain. Elle a gardé quelques livres, les albums photos, une trentaine de lettres, les papiers que l'administration interdit de jeter. Mais en réalité, elle le sait, elle a largué les amarres.

Michka vient de prendre possession de sa nouvelle chambre. Le mobilier est simple : un lit, une table de chevet, une chaise, un bureau, un placard. Formica, plastique, bois clair. Couleurs douces, pastel. Du standard de bonne qualité. Elle est assise sur l'unique fauteuil tandis que je termine de ranger ses affaires. Elle observe autour d'elle les murs propres, nus, les rideaux à fleurs. Je vois bien sa mine renfrognée. Elle est d'humeur maussade.

— T'inquiète pas, tu vas pouvoir décorer. On va accrocher quelques images aux murs et puis on mettra une jolie plante verte sur la table.

— Pour quoi faire ?

— Pour que ce soit un peu plus chaleureux.

— On ne va quand même pas faire croire que c'est chez moi !

— Pas du tout, Michk', mais ce n'est pas une raison pour que ce soit moche. Tu vas rester ici un petit moment quand même.

— Oui, ben ça, on verra.

(J'ignore si elle fait allusion au choix de l'établissement ou à un départ plus définitif.) Elle a son air des mauvais jours. Soudain, son regard s'illumine.

— Tu as trouvé ma bouteille dans le sac ?

— Quelle bouteille ?

— Mon whisky.

— Oui, oui, elle est là. Mais c'est peut-être pas très raisonnable, Michk', avec les chutes et tout… Tu es sûre que tu veux la garder ?

— Oh écoute, je bois un petit dé à moudre en fin de journée, dans un minuscule verre, ça ne va pas me tuer. Tu me la mets dans le hangar, d'accord ? Pas trop haut ni trop bas, derrière les vêtements, s'il te plaît, ce sera très bien.

— Tu es sûre que c'est autorisé ?

— Pas tellement. Mais je m'en tiche. Ce n'est pas l'armée non plus.

Je sors la bouteille que j'avais volontairement laissée dans le sac, je la range dans le placard, au plus près de ses indications.

— Pas si haut, non ! Là, juste en dessous. Derrière les bulles… les pulls, voilà, très bien.

Le temps d'un éclair, elle paraît satisfaite.

Je m'assieds sur la chaise, à côté d'elle, tandis qu'elle feuillette le livret d'accueil. Je la connais, elle cherche à propos de quoi elle pourrait râler.

— Déjeuner 12 heures, collation 16 heures, dîner 18 h 30… La folle vie, quoi !

Je souris.

— Ils ont quand même l'air vieux, non ? Tu as vu, les femmes, dans le salon, celles qui sont dans les fauteuils... à roulettes. C'est le quatrième âge, ça, au moins.

— Je ne sais pas, Michk', il y a sans doute des écarts importants. Les gens sont là pour des raisons différentes, tu n'es pas parmi les plus vieux.

— Ah bon. (Elle semble rassurée.) Tu sais, ça me fait bizarre quand même.

— J'imagine bien, Michk'.

Ce n'est pas vrai. Je n'imagine rien du tout. Parce que c'est inimaginable. Je pose mon bras sur le sien. Je cherche quelque chose à dire, quelque chose qui pourrait la réconforter – « les dames sont sympas » ou « je suis sûre que tu vas te faire des copines » ou « il y a pas mal d'activités » –, mais chacune de ces phrases est une insulte à la femme qu'elle a été.

Alors je ne dis rien.

Je me contente de rester près d'elle.

Elle s'allonge sur le lit et s'assoupit.

Quelques minutes plus tard, une femme entre dans la chambre pour lui proposer une collation. Un *petit* jus de pomme avec une *petite* paille et un *petit* gâteau emballé dans un *petit* sachet. Les mêmes qu'au centre de loisirs.

Marie

Voilà donc ce qui t'attend, Michk' : des petits pas, des petits sommes, des petits goûters, des petites sorties, des petites visites.

Une vie amoindrie, rétrécie, mais parfaitement réglée.

J'essaie de téléphoner plus souvent.

Mais au téléphone, c'est plus difficile. Elle entend mal et se perd rapidement. Alors la conversation s'amenuise, se ritualise, se vide malgré moi. Sa voix me paraît soudain si lointaine. Je lutte mais cela ne marche pas, je finis toujours par m'adresser à elle comme à une enfant et cela m'arrache le cœur, car je sais quel genre de femme elle a été, je sais qu'elle a lu Doris Lessing, Sylvia Plath et Virginia Woolf, qu'elle a gardé son abonnement au *Monde* et qu'elle continue de passer chaque jour en revue la totalité du journal, même si elle n'en parcourt plus que les gros titres.

Mais je demande : Tu as bien dormi ? Tu as bien mangé ? Ça se passe bien ? Tu as pu lire un peu ? Tu as regardé la télévision ? Tu t'es fait des copines ? Tu es restée dans ta chambre ? Tu n'es pas allée au ciné-club ?

Et au lieu de me dire fous-moi la paix, va boire des coups à ma santé et danser sur les tables, elle répond avec obligeance à chacune de mes questions. Elle s'applique, elle cherche ses mots.

Quand je raccroche c'est mon impuissance qui m'assaille et me laisse sans voix.

JÉRÔME

J'ai frappé plusieurs fois, mais elle ne m'a pas entendu.

Elle est seule dans sa chambre.

Elle cherche quelque chose.

Elle ouvre à plusieurs reprises le placard, puis les tiroirs de son bureau. Elle soulève les revues posées sur la table de nuit. Elle semble désemparée. Elle recommence les mêmes gestes : placard, tiroirs, table de nuit. Elle regarde autour d'elle, elle cherche où chercher.

Soudain, elle pose sa canne sur le lit puis prend appui sur le matelas pour se mettre à genoux. Elle veut regarder en dessous. La position semble douloureuse alors elle s'allonge à plat ventre, la tête sous le lit.

C'est ainsi que je la rencontre pour la première fois.

— Bonjour madame Seld, je suis Jérôme, l'orthophoniste.

Elle manque de se cogner au sommier, je m'approche d'elle pour l'aider à se relever.

— Je vais vous aider.

Ce n'est pas si simple, compte tenu de la position hardie dans laquelle elle se trouve maintenant, la moitié du corps sous le lit, l'autre moitié en dehors.

— Restez allongée, madame Seld, oui, comme ça, voilà, les bras aussi. Je vais me permettre de vous tirer un peu vers moi pour que vous puissiez vous relever. Ne bougez pas… Attention, je tire un peu… Hop, voilà… Attention… Ne relevez pas la tête… Je tire encore un peu, voilà, ça y est.

Avec difficulté, tout en restant allongée, elle bascule sur le côté pour me voir.

— Ah, bonjour.

Elle me serre la main comme si tout cela était parfaitement naturel : elle, étendue sur le lino, incapable de se relever seule, et moi, accroupi à côté d'elle. En un dixième de seconde, elle me scanne, son œil frétille.

Je l'aide à s'asseoir puis à se mettre debout. Cela prend un peu de temps, ses gestes sont prudents, les miens aussi.

Elle me fait signe de lui donner sa canne, je m'exécute.

Puis elle me sourit avec un petit air coupable.

— Appelez-moi Michka…

— Avec plaisir.

— « Madame Seld » par-ci, « madame Seld » par-là, c'est triste, vous savez, de vivre au milieu de gens qui ne vous appellent jamais par votre prénom.

Sa vivacité me surprend.

— Je comprends. Je vous appellerai Michka, promis. Vous cherchiez quelque chose ?

— Oui, c'est parce que... Je perds beaucoup... Ça va vite. Je sens presque tout le temps que je perds quelque chose, mais je ne trouve pas et... ça me fait peur. Je voudrais vous dire plus mais... ça m'empêche, vous voyez ?

— J'ai lu dans votre dossier que vous souffrez d'un début d'aphasie. Le médecin a dû vous expliquer. Cela signifie que vous avez du mal à trouver vos mots. Parfois ils ne viennent pas du tout, et parfois vous les remplacez par d'autres. Cela varie aussi selon les moments, l'émotion, la fatigue...

— Ah bon. Si vous le dites.

— C'est peut-être les mots que vous cherchiez, Michka ?

— Oui, c'est fossible.

— Moi je suis orthophoniste, vous savez ce que c'est ?

— Oui, tout de même. J'ai été correctrice dans un grand... magasin. Pendant des années.

— Formidable. On va pouvoir bien travailler tous les deux, vous allez voir. On va faire des exercices, des devinettes, des choses comme ça.

Elle m'observe. Sans gêne, elle me détaille des pieds à la tête et de la tête aux pieds, comme s'il s'agissait de décider sur-le-champ de mon admission – ou non – dans son emploi du temps. Puis elle conclut, exactement sur le ton qu'elle emploierait pour dire d'accord :

— D'abord.

Je ne peux pas m'empêcher de rire, alors elle rit aussi. Pendant quelques secondes, nous rions pour le plaisir de rire.

Et puis le rire s'éteint.

— Où cela se passe-t-il ?

— Quoi donc ?

— Les jeux ?

— Ça se passe dans votre chambre, madame… Michka. Je viendrai une ou deux fois par semaine, le mardi et le jeudi.

— Ah oui, dans ma chambre, c'est très bien.

Pendant quelques secondes, elle est songeuse.

— Je vous ai dit que je fais des cauchemars ?

— Non, vous ne me l'avez pas dit.

— Je pourrai vous les raconter, quand vous viendrez ?

— Oui, avec plaisir. Alors à demain ? C'est mardi, demain.

— Oui, c'est bien.

Quand je les rencontre pour la première fois, c'est toujours la même image que je cherche, celle de l'Avant. Derrière leur regard flou, leurs gestes incertains, leur silhouette courbée ou pliée en deux, comme on tenterait de deviner sous un dessin au vilain feutre une esquisse originelle, je cherche le jeune homme ou la jeune femme qu'ils ont été. Je les observe et je me dis : elle aussi, lui aussi a aimé, crié, joui, plongé, couru à en perdre haleine, monté des escaliers quatre à quatre, dansé toute la nuit. Elle aussi, lui aussi a pris des trains, des métros, marché dans la campagne, la montagne, bu du vin, fait la grasse matinée, discuté à bâtons rompus. Cela m'émeut, de penser à ça. Je ne peux pas m'empêcher de traquer cette image, de tenter de la ressusciter.

J'aime voir des photos d'eux quand ils fixaient l'objectif sans avoir la moindre idée des dommages qu'ils allaient subir – ou quand cette idée n'était que pure théorie –, quand ils se tenaient droits et n'avaient pas besoin d'appui. J'aime les découvrir *dans la force de l'âge*, mais à quel âge est-on le plus fort ? Vingt ans ? Trente ans ? Quarante ?

Parfois, il est impossible de faire le lien entre la jeune femme ou le jeune homme de la photo et la personne assise en face de moi. Même avec la plus grande acuité, le plus grand discernement, non, rien ne semble relier ces deux corps : le corps léger, arrogant de la jeunesse et le corps déformé, diminué de la maison de retraite.

Je me penche sur les clichés et je dis : « On vous reconnaît tout à fait, madame Ermont ! » Ou bien : « Quel bel homme vous étiez, monsieur Terdian ! »

Au début, une voix hurlait dans ma tête : « Mais enfin que s'est-il passé ? Comment est-ce possible ? Est-ce vraiment ce qui nous attend *tous*, sans exception ? » N'y a-t-il pas une déviation, un embranchement, un itinéraire bis qui permettrait d'échapper au désastre ?

Au début, je travaillais avec différents publics : les enfants, les adultes, les vieux. Puis, peu à peu, l'essentiel de mes journées s'est concentré dans les Ehpad. Je ne peux pas dire que cela a été une décision, ni un choix. Cela s'est fait, voilà. Des opportunités. Et une sorte d'évidence. À présent je répartis mon temps entre plusieurs établissements, j'ai mon secteur.

Je me sens bien. C'est là que je dois être.

J'aime les regarder, comme ils luttent, pied à pied.

Jérôme

J'aime leur voix qui tâtonne, qui grelotte, qui hésite.

Je les enregistre, oui, c'est vrai. Pas tous. Mais certains, oui. Dès la première fois. J'ai un appareil numérique, minuscule, qui contient des dizaines de fichiers, regroupés par dossiers.

Je les enregistre à des fins d'étude, pour améliorer mon approche, ma pratique. Mais pas seulement.

Je chéris le tremblement de leurs voix. Cette fragilité. Cette douceur. Je chéris leurs mots travestis, approximatifs, égarés, et leurs silences.

Et je conserve tout, même lorsqu'ils sont morts.

Madame Seld, je l'ai enregistrée à partir de la cinquième ou sixième séance. J'ai tout gardé.

J'entre dans sa chambre. Elle a l'air fatigué, je perçois aussitôt qu'elle n'est pas d'humeur très collaborative. Mais elle se redresse et, d'un geste furtif, se recoiffe. Elle fait un effort pour me sourire. La coquetterie des vieilles dames me bouleverse.

Je sors le matériel et le pose sur son bureau : stylo, cahier, imagier.

— Comment allez-vous, Michka ?

— Ça va…

— C'est un petit « ça va », je me trompe ?

— J'ai un peu de mal à m'adopter… à m'appâter.

— À vous adapter ?

— Oui, c'est ça.

— C'est normal. Il faut quelques semaines pour trouver vos marques, vous n'êtes pas là depuis si longtemps. Aujourd'hui, j'ai apporté un peu de matériel pour que nous puissions travailler ensemble, vous êtes d'accord ?

Elle me scrute d'un œil méfiant.

— Qu'est-ce que c'est ?

— Ce sont des exercices, spécialement conçus pour les personnes âgées.

— Pourquoi dites-vous « les personnes âgées » ? Vous devriez dire « les vieux ». C'est bien « les vieux ». Ça a le mérite d'être fier. Vous dites bien « les jeunes », non ? Vous ne dites pas « les personnes jeunes » ?

— Vous avez raison. Vous attachez de l'importance aux mots, Michka, ça me fait plaisir. Voulez-vous qu'on fasse un petit exercice ?

— Vous n'auriez pas plutôt une petite cigarette ?

— Vous fumez ?

— Non non, pas du tout. J'ai arrêté depuis… longtemps, mais franchement, compte tenu des circonflexes, une petite cigarette, ce ne serait pas du fluxe.

— C'est interdit dans tout l'établissement, madame Seld, et puis ce ne serait pas très raisonnable. Je ne fume pas, de toute façon.

Elle paraît déçue.

Elle se tait et m'observe. Le silence ne l'embarrasse pas. Elle étudie chaque détail de ma tenue : ma montre, mes chaussures, ma coiffure.

— Bon, allez, Michka. Je vous pose une question, et puis je vous montre quatre images, parmi lesquelles vous devez choisir la bonne réponse. Ensuite vous essayez de nommer l'objet avec le bon mot.

Elle m'écoute avec attention. Mes gestes accompagnent ma parole.

— Une première question pour vous donner un exemple : Quel est l'objet qui sert à étaler du ciment ?

Je pose devant elle les quatre images – truelle, bêche, sécateur, râteau –, qu'elle observe avec une mine exagérément perplexe.

— Ce n'est pas très follichant.

— Ce n'est pas l'exemple le plus drôle, je vous l'accorde.

— Je préfère qu'on parle.

— D'accord, parlons un peu et ensuite nous ferons quelques exercices.

— Il y a une dame qui vient dans ma chambre.

— Ici ?

— Oui. Elle est venue plusieurs fois, le soir. Elle entre, comme ça, sans provenir, et elle dit qu'elle cherche le petit garçon. Elle me fait peur.

— C'est une résidente ?

— Oui. Mais… hier il s'est passé quelque chose, vous savez. Hier, elle est venue après le dîner, à la même heure que les autres jours, et elle m'a demandé où était le petit garçon et j'ai… j'ai dit… très… fermeusement, pour qu'elle comprenne : « Je ne sais pas, madame, où se trouve votre petit garçon, mais je tiens à vous provenir que vous faites horreur. » J'avais allumé la télévision, même si je ne la regarde pas tellement, mais c'est parce qu'il y a ce… ce commentateur que j'aime bien, celui qui a les dents très flanches, plutôt bien pli de sa personne, vous voyez ? Celui qui raconte le journal. Eh bien figurez-vous que quand cette femme a entendu sa voix, elle s'est mise dans un étau ! Elle m'a disputée, d'un seul coup, comme ça, elle s'est mise à crier : « Mais il est là, le petit garçon ! », comme si je lui avais volé son petit garçon dans ma télévision ! Je peux vous dire que j'ai tout de suite éteint avec la... télé... télécommanche, tac, pour qu'elle s'en aille. Et ça a marché. Mais maintenant, je ne vais pas pouvoir rallumer. J'ai peur qu'elle revienne, vous comprenez...

— Il faut en parler aux auxiliaires de vie. Elles vont aller voir cette dame, qui perd sans doute un peu la tête, et faire en sorte qu'elle n'entre plus dans votre chambre sans y être invitée.

Elle reste silencieuse pendant un court instant. Et puis elle plante son regard dans le mien.

— Ça ne va pas s'arranger, n'est-ce pas ?

— Quoi donc ?

— Tout ça. Tout ce qui s'en va, s'enfuite, comme ça, à toute vitesse. Ça ne va pas s'arranger ?

— On va travailler tous les deux, si vous êtes d'accord, Michka, pour que ça s'arrange.

— Mais... à vrai dire ?

J'ai hésité une seconde avant de répondre.

— On peut ralentir les choses, mais on ne peut pas les arrêter.

Dans la chambre de la maison de retraite, les meubles ont été déplacés de telle sorte que le mur du fond est totalement nu.

Michka est au milieu de la pièce, figée dans une position étrange, comme arrêtée dans sa course.

Une voix de petite fille déchire le silence :

— Un…

Michka se met aussitôt en mouvement et avance vers le mur vide.

— Deux… trois… SOLEIL !

Michka s'arrête net, dans un geste interrompu qu'elle peine à maintenir. Puis la voix de la petite fille reprend.

— Un…

Elle avance de nouveau de quelques pas.

— … deux… trois… SOLEIL !

Michka s'arrête net. Cette fois elle est en mauvaise posture, elle tangue et ne parvient pas à s'immobiliser.

La voix de l'enfant exulte.

— Bougé ! Bougé ! Tu repars à zéro !

Michka retourne au point de départ. Elle traîne un peu les pieds. Elle s'adosse au mur de l'autre côté.

Mais la voix de l'enfant ne lui laisse pas de répit.

— Attention ! Un... deux... trois... SOLEIL !

Cette fois Michka n'a pas avancé.

— Où est ma canne ? Je ne sais plus si j'en ai besoin, au point où j'en suis. Vous comprenez ? Je me sens bien, vous voyez, les mots sont là, comme avant, je n'ai même pas besoin de les chercher, ni de les choisir, ni de les choyer, ils surgissent comme ça, sans façon, sans chichi, pas besoin de les amadouer, de les capturer, de les caresser, non, écoutez bien, ils vont et viennent en toute liberté, c'est très beau. Je suis dans un rêve, je le sais. Ce n'est pas un cauchemar, cette fois, regardez bien, regardez les couleurs, la forme des choses, on sent tout de suite que ce n'est pas un cauchemar. Il faudra que je vous en parle, oh oui, je vous dirai que j'ai fait un rêve où les mots étaient tous là, tous, je n'avais pas besoin de vos cartes, ni de vos images, ni de vos listes, tout était simple comme avant et c'était tellement joyeux, tellement doux, vous comprenez, cela me fatigue tant, chercher chercher chercher tout le temps, c'est assommant, c'est épuisant, c'est éreintant, je n'ai pas besoin d'autre chose vous savez, je n'ai besoin de rien, madame Danville m'a apporté des chocolats, c'était la gardienne de notre immeuble, quand Marie était petite, il y a longtemps, je vous en ai déjà parlé ? Elle est très gentille, madame Danville, et les chocolats sont délicieux, alors vous voyez je n'ai besoin de rien d'autre, si les mots reviennent alors ça va aller, ça ira très bien, et je m'en ficherai de tout le reste, même de celle-là qui sort avec sa voiture, presque tous les jours, elle se prend pour qui, elle nous nargue avec sa voiture, presque tous les jours, oui c'est une résidente, vous voyez, elle va faire un petit tour en ville, comme ça, presque tous les jours, avec son petit foulard sur la tête, elle se prend pour Grace Kelly ou quoi, presque tous les jours, mais si c'est ça, elle n'a qu'à rester chez elle, pourquoi vient-elle ici si elle est si autonome ? Oui, ça m'énerve, je vous le dis. Là je m'en fiche, puisque les mots sont revenus, alors plus besoin de faire des exercices, mais quand même, vous pourriez continuer de venir me voir, pour discuter, comme ça, de temps en temps, ce serait dommage sinon, parce que vous êtes si beau, je n'aime pas les boucles d'oreilles pour les hommes, mais vous, ce n'est pas pareil, surtout quand vous mettez cette petite pierre noire, minuscule, c'est assez joli finalement.

La voix de la petite fille reprend.

— Un… deux… trois… SOLEIL !

Michka s'est élancée vers l'autre côté de la pièce et, d'un bond, a touché le mur.

Elle sourit.

— C'est sûr, cette fois, c'est un rêve ! Je vais vous le raconter demain, ça va vous plaire, un rêve comme ça.

J'entre dans la chambre après avoir frappé.

Je la trouve étendue sur son lit, ce qui est inhabituel. Elle déteste qu'on la surprenne en train de somnoler. Elle se redresse aussitôt, cherche des yeux le livre qu'elle a posé près d'elle.

— Bonjour Michka, comment allez-vous ?

— Ça va…

— Vous êtes fatiguée ?

— Un peu.

— Marie est venue vous voir ?

— Oui, elle est venue hier. Vous la connaissez ?

— Vous me parlez souvent d'elle, mais je ne l'ai pas encore vue. Elle vient plutôt le week-end, et moi je ne suis là qu'en semaine…

— Ah oui, c'est vrai. Oui, oui.

— Je vous laisse quelques minutes, je vais installer le matériel sur votre bureau.

— Oh… vous êtes sûr ?

— Oui, je suis sûr. Vous ne voulez pas vous lever ?

— Si, si… mais… c'est les exercices, vous savez, ça me grève.

Je l'aide à descendre du lit puis lui donne mon bras pour la conduire jusqu'à la chaise. Elle marche lentement, je la soupçonne de ralentir le pas pour retarder le moment de se mettre au travail.

— Alors, vous avez pu regarder la télévision, Michka ?

— Pas si tant.

— Pourquoi ?

— De toute façon, ça ne sert plus. Ils parlent trop vite. Même les images, souvent, ça va trop vite. J'aimais bien celui qui s'en… vole, comme ça, partout, avec son bac sur le dos, vous savez le jeune gaillard qui dort chez les gens, aux quatre coins. Il est très drôle, il rencontre des fabricants, comme ça, par hasard, et il dort chez eux, avec son bac de couchage, vous le connaissez ? Je l'aimais bien, mais en ce moment je ne le trouve pas. Et vous, vous regardez ?

— Pas tellement, Michka. Il y a des émissions que j'aime bien, mais je manque de temps. J'ai beaucoup de patients cette année et puis j'ai repris des études.

Elle paraît soudain très intéressée.

— Ah bon, mais quoi ?

— C'est un diplôme universitaire, pour continuer à me former.

— Dans quel champ ?

— « Réhabilitation en neuropsychologie ».

— Ah… C'est touffu.

— Oui, mais passionnant.

— Mais ça ne marche pas.

— Si, si, ça va. Je m'en sors.

— Non, pas vous. La… réparation.

— Mais si, Michka, vous allez voir. On peut améliorer beaucoup les choses. D'ailleurs, ça tombe très bien, j'ai prévu un petit exercice à propos des voyages. Ça vous tente ?

Elle m'oppose une mine de chien battu.

Au lieu de s'asseoir sur la chaise, elle se laisse tomber dans son fauteuil.

— Vous pouvez m'approcher ma canne ? On ne sait jamais, que je puisse… fouler… en cas de besoin.

— Filer ? Pourquoi voulez-vous filer ?

— Si les larmes se déclenchent. C'est arrivé, l'autre jour. Vous n'étiez pas là ? Après le déjeuner, nous étions dans le bas, presque tous, vous voyez, sauf ceux du quatrième, mais nous, tous les autres résistants, nous venions de terminer notre petite graine à la vanille quand tout à coup, les larmes se sont mises à hurler… C'était fort !

— L'alarme ?

— Oui, c'est ça ! Ça m'a fichu une de ces frouilles ! C'est pour ça, je préfère avoir ma canne à portée, au cas où… Et vous ?

J'essaie de rattraper le chemin de sa pensée, mais elle précise d'elle-même :

— Vous avez quel âge ?

— Trente-cinq ans.

— Ah c'est bien.

Pendant quelques secondes, elle semble prendre la mesure de cette information, et me vient à l'idée qu'elle est en train de dresser l'inventaire de tout ce qu'on peut faire, à trente-cinq ans, qui lui est désormais impossible.

— Et vous aimez les vieux.

— Eh bien, c'est-à-dire… je… j'aime bien travailler avec les vieux, oui. Je trouve ça… très intéressant.

— Ah bon. C'est étanche… Franchement. Pour ce qu'il nous reste à dire.

— Eh bien justement, j'essaie de vous aider à dire… tout ce que vous avez à dire. Et souvent, c'est très intéressant.

— Ah oui, comme ça, c'est bien… Et vos parents, ils sont vieux ?

— Ma mère est morte il y a quelques années. Avant d'être vieille, à vrai dire.

— Ah c'est bien, ça.

— Oui, si on veut… Il y a sans doute des avantages, mais pas mal d'inconvénients. J'aurais préféré avoir un peu plus de temps.

— Vous n'avez pas tout dit ?

J'ai déjà remarqué cela. L'acuité saisissante des vieux. Cette façon qu'ils ont parfois de mettre le doigt exactement où ça fait mal.

— Non, Michka. Je n'ai pas tout dit. J'espère que j'ai montré, mais je n'ai pas tout dit.

— Ah… c'est entêtant… c'est embêtant, ça.

— Oui. Bon, alors, on s'y met à ce petit exercice ?

— D'abord.

— Vous vous souvenez de celui qu'on a fait la dernière fois ?

— Oui.

— Alors, c'est presque le même principe, sauf que cette fois je vous donne plusieurs mots et vous devez trouver le mot générique qui les relie. Par exemple : bouddhisme, protestantisme, catholicisme… Le mot qui les rassemble est…

— Et votre père ?

J'aimerais disposer d'une carte joker que je pourrais brandir à volonté ou bien faire mine de ne pas comprendre, mais Michka n'est pas du genre à s'en laisser conter.

— Je ne le vois plus.

— Ah bon ? Pourquoi ?

— Ce serait long à expliquer.

— Oh mais moi j'ai mon temps.

— Oui, mais on a du travail, Michka.

— Votre père est vivant ?

— Oui.

— Il est vieux ?

— Oui, sans doute.

— Vous ne l'avez pas vu depuis qu'il est vieux ?

— Non.
— Ah voilà.
— Voilà quoi ?
— C'est pour ça que vous aimez les vieux.
— Je n'y avais pas pensé, mais peut-être…
— Mais bon, il faudrait lui dire.
— Lui dire quoi ?
— Tout. Tout ce qu'on rejette… regrette, après, quand les gens disparaissent, pfffuit… comme ça, vous voyez ? Ça arrive, vous savez. On ne peut pas rester avec tout ça sur le cœur. Après ça fait des cocards… cauchemars, vous voyez.
— Oui, oui, je sais bien, on verra, hein… Bon, allez, je reprends. Quatre nouveaux mots : amer, acide, salé, sucré…
— Le goût ?
— Très bien. Un autre…
— Quand même, si c'est pas malheureux…
— Quoi donc ?
— Les pâtes de fruits, de madame Danville, je n'en ai plus une seule.
— Je croyais que vous préfériez les chocolats ?
— Oui, en numéro deux. En un, les pâtes de fruits. Votre père vous a blessé ?
Je ne peux pas m'empêcher de soupirer.
— Oui, Michka.
— Ah… C'est diffus… c'est difficile.
J'ignore si elle parle de l'exercice que je tente de lui faire faire ou de ma situation. Elle m'observe

comme si elle attendait que je lui confie sur-le-champ toute l'histoire.

— Il faudrait y aller voir.

— Voir quoi ?

— Comment il est, votre père.

— Il va bien, pour ce que j'en sais.

— Il y a longtemps ?

— Oui, très longtemps.

— C'est trop. Il faudrait savoir, quand même. Si ça se reprend… si ça se répare.

— Non, non, Michka, ça ne se répare pas.

— C'est grave alors ?

— C'est douloureux.

— Ah… mais… il faut peut-être…

Elle m'observe. Je ne sais pas ce qu'elle imagine.

— Bon, allez, Michka, au travail ! Écoutez bien : antiquaire, disquaire, libraire, ébéniste… Quel est le terme générique qui les relie ?

— La disparition ?

MARIE

Depuis quelques semaines, elle reste assise, comme ça, dans sa chambre, sans lire ni regarder la télévision. Elle somnole.

Je frappe à sa porte et j'attends son signal pour entrer.

— C'est toi ?

— Oui, Michk', c'est moi. Comment ça va ?

— Oh ça va, ça va... Je ne savais pas que tu venais... J'avais marqué demain, mais je ne sais pas pourquoi, je n'étais pas si... sérieuse.

— Tu n'étais pas sûre ? C'est normal, je t'avais dit vendredi ou samedi. Tu n'es pas trop fatiguée ?

— Non, ça va. De ce côté-là, c'est pas le dilemme.

— De quel côté ça ne va pas, alors ?

— C'est les mots qui m'échoppent... (elle hésite longuement) m'écharpent... (Elle soupire.) Tu vois...

— Je sais, Michka. Mais bon, il t'en reste pas mal en stock, et puis comme ça, tu en inventes de nouveaux. L'orthophoniste est venu te voir ?

— Oui, oui. Mais c'est... ce n'est pas ça... Les exercices, c'est diffus... c'est diff... c'est difficile. Tu veux voir ?

Elle me tend un papier avec des mots et des dessins.

— Tu dois deviner les contraires ?

— Non, les synorimes.

— Les synonymes ?

— C'est ça. Mais je m'en fous des syn… des trucs… Tu comprends, c'est le vrai mot qui se débraille. Et puis ça ne sert à rien tout ça, je sais très bien comment ça va finir. À la fin, il n'y aura plus rien, plus de mots, tu comprends, ou bien alors n'importe quoi, pour remplir le vide. Tu imagines, un monospace… un monoglotte de vieille peau, toute solifère…

— On n'en est pas là.

— On n'en est pas loin, crois-moi. La fin, c'est dans pas longtemps, Marie, tu sais. Je veux dire la fin sans la tête, perdue, pfffuit, avec tous les mots envolés. La fin du corps, on ne sait pas, bien sûr, mais la fin sans la tête, ça a commencé, les mots se font la balle et puis hop.

— Mais non, Michka. Tu vas à l'atelier mémoire ?

— J'aime pas. Je préfère quand c'est le garçon qui vient… Il est très beau, tu sais. Tu devrais le voir.

— Mais l'un n'empêche pas l'autre, Michk' : l'orthophoniste vient deux fois par semaine dans ta chambre, mais toi tu peux aller en bas à l'atelier mémoire, le mercredi, avec les autres. Tu as déjà essayé ?

— J'aime pas. Il y en a une qui répond à tout, comme ça, du tic au tic… pas une seconde d'hésitation. À brûle-pourpoint, elle dit la bonne réponse. Elle connaît tous les mots possibles et imaginaux, elle fait la fière, tu vois, ça me tagace. Pourquoi elle vient, si elle sait déjà tout ? En plus, elle pourrait s'habiller, eh ben non, même pas, elle passe sa vie dans une robe des champs comme si c'était du plus grand choc, tu vois…

— Elle se sent peut-être plus à l'aise comme ça.

— Oui, mais bon, un peu de clémence ne nuit pas. Pourquoi tu ris ? Au moins, si ça te fait rire… Mais tu sais, tu as mieux à faire, franchement. Tu ne devrais pas venir si souvent. Tu vas t'ennuyer.

— Écoute, Michka, on en a déjà parlé. Je viens parce que ça me fait plaisir.

— Tu perds ton temps. En plus pour me voir dans cet étau… dans cet état… dans cet étalage. Ça ne sert à rien, tu sais.

— Écoute… Toi, tu es venue me voir quand j'étais à l'hôpital, oui ou non ? Tu t'en souviens ?

— Oui, je m'en souviens. Quand tu étais malade. Tu étais si… On aurait dit…

Un instant, elle plonge dans ses pensées.

— Tu sais que tu as failli mourir ?

— Je sais, Michk'. Eh bien quand j'ai passé des jours et des jours dans une petite chambre, tu es venue me voir un certain nombre de fois, non ?

Elle acquiesce.

— Alors je peux bien venir te voir ici quand je veux.

Elle me sourit.

— Et toi, tu me racontes rien… Comment ça va pour toi ?

— Ça va, tout va bien.

— Ton travail ?

— Ça va, ça se passe bien. Je commence à gérer des dossiers toute seule, c'est très intéressant.

— Ça ne te fait pas trop loin ?

— Non, ça va, avec le RER, c'est rapide en fait.

— Tu fais attention à toi ?

— Oui, oui, ne t'inquiète pas.

Elle m'observe un instant.

— Tu t'es coiffée ?

— Oui, Michk', je me suis coiffée.

— T'as une petite mine… pâlichotte. Tu manges bien ?

— Oui, oui, ça va.

— Tu sais qu'on a une nouvelle résistante, à notre table, à la cantine. Je te l'ai dit ?

— Une résidente ?

— Oui. Elle parle tout le temps, alors moi je fais semblant que je suis gourde de cette oreille comme ça je ne suis pas obligée de lui répondre. Tout le temps, tu ne peux même pas imaginer, dans un flot contigu, hein, elle parle, elle parle, ça ne la gêne pas du tout, comme s'il n'y avait qu'elle dans le monde. Alors Armande et moi – tu sais, Armande, celle que j'aime bien –, on fait comme ça…

Pendant quelques secondes, elle mime quelqu'un de très absorbé, qui mange et n'entend pas qu'on lui parle.

— Et ça marche ?

— C'est des histoires de vieille, ça, tu vois. Toi, Marie, tu devrais me le dire : attention, Michka, tu racontes des histoires de vieille. Je ne veux pas que tu penses que je me plante… que je me plainte, mais ça me fait du bien de m'épandre. Je ne suis pas si mal, tu sais, les gens sont très gentils, mais je préférais chez moi.

— Je sais, Michka, mais tu ne pouvais plus rester chez toi, tu te souviens ?

— Oui, je me souviens.

Pendant quelques secondes, elle se tait, songeuse. Et puis, elle se penche vers moi. Elle parle bas, comme elle partagerait un secret.

— Tu sais, Marie, je voulais te demander une chose que je ne peux pas faire. Je voudrais qu'on passe une… affiche… dans le journal.

— Une affiche ?

— Oui, tu sais, comme on avait fait, dans le journal, pour chercher les gens.

— Une annonce ?

— Oui.

— Tu veux dire l'annonce qu'on avait passée dans *Le Monde* ?

— Oui.

— Tu veux qu'on essaie de nouveau de retrouver les gens qui t'ont recueillie quand tu étais petite ?

— Oui.

Pendant quelques secondes je la regarde, je prends la mesure de ce que cela signifie pour elle. De ce que cela signifie maintenant. Je perçois le léger tremblement de son menton, un signe de trouble ou d'émotion qui est apparu récemment, depuis qu'elle est ici, dont elle n'a sans doute pas conscience.

— D'accord, Michka, bien sûr. Je vais m'en occuper. Mais il ne faut pas trop que tu espères, hein, tu sais qu'on a déjà essayé ? Le problème, c'est qu'on n'a pas leur nom.

— Oui, je sais.

— Je vais reprendre la même annonce et je vais mettre mes coordonnées au cas où, d'accord ?

— Oui, d'abord. Merci. Merci beaucoup. Tu me diras, pour le chèque.

— Ne t'inquiète pas pour ça. On tente le coup, hein, mais il y a peu de chances pour que ça marche, tu le sais ?

— Je sais.

Marie

— Tu veux qu'on sorte un peu dans le jardin ?

— Ah oui, volontiers. Je vais mettre ma… colère… ma polaire que tu m'as offerte. Grace Kelly, elle ne me quitte pas des cheveux, je peux te dire qu'elle aimerait bien avoir la même.

La méchante directrice entre en trombe dans la chambre de Michka. Elle n'a pas frappé et ne juge pas utile de dire bonjour. Furieuse, elle brandit un exemplaire du journal *Le Monde*.

— C'est vous qui avez fait passer cette annonce ?

Michka acquiesce d'un signe de tête. La directrice explose.

— Non mais je rêve ou quoi ? Vous vous prenez pour qui, madame Seld ? Vous êtes complètement folle ! Vous êtes parfaitement démente ! Vous êtes totalement inconsciente ! Une annonce ? Mais pourquoi pas une campagne d'affichage tant que vous y êtes ? Ou un spot publicitaire ? Une montgolfière ! Un avion avec une banderole au-dessus de la plage ! C'est à peine croyable... Une annonce ! Nous sommes au vingt et unième siècle, madame Seld, la guerre est finie. Notre entreprise est en pleine croissance, en pleine expansion, en plein boum, et vous vous permettez de diffuser cette annonce qui risque de nuire à notre réputation ? La réputation, vous savez ce que c'est ? Avez-vous la moindre idée de ce que cela représente ?

C'est le nerf de la guerre, aujourd'hui ! Cela peut vous torpiller en moins de vingt-quatre heures !

Michka ne dit rien. Elle reste assise sur le lit comme une petite fille, les mains posées sur les cuisses.

La directrice ouvre le journal à la page du *Carnet*. Elle lit à voix haute sans masquer son ironie :

— « Michèle Seld, dite Michka, recherche Nicole et Henri qui l'ont recueillie chez eux entre 1942 et 1945 à La Ferté-sous-Jouarre. » Nicole et Henri ! Vous ne connaissez même pas leur nom ?

— Non.

— Ces gens vous ont sauvée et vous n'avez pas retenu leur nom ? Et vous n'allez même pas à l'atelier mémoire ! C'est une honte… Et les prénoms, vous en êtes sûre ? Et ce village, vous en êtes sûre ?

Michka se tait, paralysée.

— En tout cas, ça ne vous coupe pas l'appétit ! Les chocolats de madame Danville, ça y va ! Les petits jus de pomme, ça y va ! Le céleri rémoulade, ça y va ! Mais quand il s'agit de faire les exercices de monsieur Milloux, il n'y a plus personne… C'est la débandade, la bérézina ! Vous occupez une chambre individuelle, vous mangez de bon appétit, vous participez au ciné-club, vous profitez du jardin, inutile de vous dire que vous coûtez cher à notre établissement, madame Seld, très cher. Mais qu'est-ce que vous nous rapportez ? Hein ? Cela n'est pas sans poser de sérieux problèmes de rentabilité, vous en conviendrez, et cela ne peut pas durer, je suis désolée de vous l'apprendre, car le fait est que vous ne rapportez rien. Je pèse mes mots : RIEN. Mais qu'est-ce que vous croyez, ils sont morts ! Morts ! Morts ! Morts ! La vérité c'est qu'ils sont morts et que vous ne les avez jamais remerciés !

Michka se réveille en sueur, assise sur son lit.

Son cœur bat à tout rompre, elle peine à reprendre sa respiration. Elle cache son visage dans ses mains, étouffe un sanglot.

Quelques jours plus tard, alors que j'entre dans sa chambre, je la trouve au milieu de la pièce, debout, chancelante, une main appuyée sur sa canne.

— Je sais faire mon lit tout de même ! Ça me prend du temps, beaucoup de temps, je ne dis pas le confrère, mais je sais. Et elle, tous les jours, elle refait par-derrière, elle recommence, tous les matins, elle tire sur le… couvre-pli, tu vois, comme si j'avais mal fait.

— Mais qui ça ?

— La dame en service !

— Il faut que tu lui dises, Michka, que tu ne veux pas qu'elle passe derrière toi.

— Je lui ai dit ! Mais elle lève les yeux en flair, comme si j'étais une vieille bête.

— Elle veut sans doute bien faire. Tu veux que je lui en parle ?

— Non, non, tu as d'autres choses à dire. Mais la douche, c'est pareil, tu sais. La nouvelle régimente, elle ne veut plus que je la prenne toute seule.

— Je sais Michka, mais c'est parce que l'autre jour, tu es tombée, alors c'est normal, c'est pour ton bien, pour éviter que tu te fasses mal.

— Oui mais moi, mon bien, ce n'est pas ça, Marie. Mon bien, c'est d'être…

Pendant quelques secondes, elle cherche un mot qu'elle ne trouve pas.

— Tranquille ?

— Oui. Tout à fait. Tranquille. Il y a tout le temps quelqu'un qui entre, ici, tu sais. Pour apporter le petit manger, les pilules, le goûter, donner le linge, faire le lit, le méninge, savoir comment ça va, provenir de ci, de ça, tout le temps, tout le temps, toc toc et hop, ils sont là, tu t'imagines ? Et toi, si tu n'as pas envie de les voir, tu ne peux pas… disparaître.

— Je sais bien, Michk'. Je comprends. Tu ne veux pas t'asseoir un peu ?

Elle se laisse tomber dans son fauteuil.

— Alors, tu as fait passer l'affiche ?

— Oui, Michka, elle va passer cette semaine dans *Le Monde* et elle passera la semaine prochaine dans *Le Figaro*. Je te dirai si j'ai des nouvelles.

Elle enregistre l'information.

À partir de maintenant, elle va attendre. Espérer. Elle n'osera pas me questionner, mais elle gardera, aussi longtemps que possible, cette fenêtre entrouverte sur l'espoir.

— Mes pulls, c'est la même pose, tu vois, je sais les ranger moi-même, à la fin. De quoi elle s'emmêle ?

— Dis donc, tu n'aurais pas plutôt peur qu'elle découvre ta bouteille de whisky ?

— Elle est bien cachée, tu peux me croire. Encore plus loin. Mais je n'aime pas qu'on me frouille. Et toi, alors, qu'est-ce que tu me racontes ?

— Tout va bien, Michka.

Pendant quelques secondes, elle m'observe.

— Tu te coiffes ?

— Oui, je me coiffe, Michk'. Je t'ai déjà expliqué, les cheveux frisés, comme les miens, ce n'est pas facile, on ne peut pas se coiffer comme les autres…

— Ah bon… si tu le dis. C'est dommage.

Un court silence s'installe. Nous sommes songeuses.

— En fait, je voulais t'annoncer quelque chose, Michka… J'attends un enfant.

Elle fait mine de ne pas avoir entendu.

— J'ai des chocolats, si tu veux, avec un doute d'alcool, pas grand-chose, hein, trois fois rien, ils sont délictueux, c'est madame Danville qui me les a apportés.

— Michk', tu as entendu ce que je t'ai dit ?

— Mais quel garçon ?

— Comment ça, quel garçon ?

Soudain, elle est outrée.

— Tu ne sais pas qui est le garçon ?

— Si, si, je sais, mais je ne crois pas qu'il ait envie d'avoir un enfant.

— Il est neuf ?

— Oui, enfin, non, il n'est pas si neuf, à force, ça fait quelques mois. Il s'appelle Lucas, je t'en ai parlé une ou deux fois. Je l'ai rencontré dans une soirée. Il est très gentil, mais on ne vit pas ensemble et puis... il doit partir à l'étranger. Tu sais, je ne pensais pas que je pouvais être enceinte. Le docteur, à l'hôpital, tu t'en souviens, il m'avait dit qu'il y aurait sans doute des séquelles, que ce serait compliqué. C'est pour ça.

— C'est vrai... Quand tu étais malade, tu étais si...

Elle fait un geste étrange, mimant quelque chose qui s'évapore.

— Tu étais toute... C'est vrai. Alors c'est incroyable, tu es en cloche.

— Oui, c'est ça, exactement, je suis en cloche, Michk', et ça me fout une de ces trouilles.

Je reste comme ça, quelques secondes, à guetter une réaction dans son regard, un encouragement ou une condamnation. Mais elle m'observe en silence, plus attentive que jamais.

— Tu l'as dit au garçon ?

— Non, pas encore. Je voudrais déjà être au clair avec moi-même. Tu sais Michk', j'ai peur...

Je ne sais pas si je suis capable. D'avoir un enfant. J'ai peur de ne pas y arriver. J'ai peur de reproduire les choses, ou qu'elles se reproduisent malgré moi, comme une malédiction, une fatalité, quelque chose qui serait là, dans l'ombre, dans les souvenirs, dans le sang, dans l'histoire du monde, quelque chose contre quoi on ne peut rien. Tu comprends ? Et puis est-ce que j'ai assez d'amour, de patience, d'attention ? Comment savoir si je suis capable d'élever un enfant, de l'embrasser, de m'occuper de lui ? Est-ce que je serai capable de lui parler, de lui dire les choses qui comptent, de le laisser monter sur le grand toboggan, traverser la rue tout seul, et de lui donner la main quand il le faut ? Est-ce que je vais savoir comment il faut faire ? J'ai peur de ne pas l'aimer, j'ai peur de trop l'aimer, j'ai peur de lui faire du mal, j'ai peur qu'il ne m'aime pas.

— Si c'est pas malheureux... Quand j'aurai fini les nouveaux chocolats de madame Danville, qu'est-ce que je pourrai offrir ?

— Peut-être que je ferais mieux d'avorter.

— Ah non, ça non.

— Comment ça, non ?

— Non non non... Et cela n'a rien à voir avec cette femme, elle est très bien, avec son chignon, toujours impeccable, tirée à quatre tringles !

Elle découvre mon air ahuri.

— Mais si, tu sais bien, cette femme qui est sortie des camps…

— Simone Veil ?

— Oui, ça, franchement, c'est très bien. Ce qu'elle a fait pour les femmes. Formidouble, même. Mais ça n'a rien à voir avec elle.

— Non, en effet…

Elle se laisse absorber par ses pensées, visiblement bouleversée. C'est moi qui romps le silence.

— Tu arrives à lire ?

— C'est petit.

— Mais je t'ai apporté des livres en gros caractères, tu as essayé ?

— Lesquels ?

— Les livres que je t'ai apportés la dernière fois. Écrits en gros.

— En gros ? C'est pour les vieux ça… Je les ai prêtés au type.

— Quel type ?

— Le type. Il m'a montré comment ouvrir la fenêtre, tout en grand, c'est interdit. Avec un râteau.

— Mais c'est qui ? Il fait partie du personnel ?

— Mais non, c'est interdit, je te dis.

— Alors qui ?

— Le type d'à côté, je ne peux pas te dire mieux, tu l'as déjà vu, il a un costume en twist.

— Monsieur Terdian ?

— Oui. Eh bien tu peux me croire qu'il connaît la maison, depuis le temps qu'il est là. Il m'a montré, avec un… un… (elle soupire) un… tac ! En fait, la fenêtre, on peut l'ouvrir en flaque, mais on n'a pas le droit. Alors quand elles arrivent, hop (la voilà qui fait mine de bondir sur la fenêtre, tout en restant sur place), je ferme.

— Fais attention, quand même, de ne pas faire une cascade !

— Il en faut un très pointu. Je l'ai pris à la cantine, le soir du… rose… du récif…

— Du rosbeef ?

— Tu sais, moi, j'en ai pas eu…

— Du rosbeef ?

— Des enfants.

— Je sais bien, Michk'. Mais tu m'as, moi. Je suis là.

— Tu as beaucoup pleuré, tu sais. Quand il t'a dit ça, le docteur, quand il t'a dit que c'était pas sûr, pas sûr du tout même, que tu pourrais un jour être en cloche. Tu as beaucoup pleuré, moi, je peux te le dire.

— C'est vrai. Mais peut-être que maintenant ce n'est pas le bon moment.

— Peut-être que ce n'est jamais le bon moment.

Elle regarde par la fenêtre. Et puis elle se tourne de nouveau vers moi.

— Tu sais, moi, je n'en voulais pas, des enfants. Pas une miette. Ni famille, ni enfant. Surtout rien. Si vous n'aviez pas habité au-dessus, je serais restée comme ça. Je n'étais qu'une bassine… une voisine, bien tranquille dans son foin. Quand tu es venue, la première fois, tu te souviens, parce que tu étais toute seule chez toi, depuis combien, un jour, deux jours, tu ne voulais pas dire, eh bien moi aussi, j'ai eu la frouille. Tu as mangé, et puis tu es remontée toute seule. Je n'ai pas fermi de la nuit. Et puis tu es revenue une deuxième fois, avec tes yeux, tes grands yeux qui m'empiraient, alors je t'ai prise chez moi. Et puis ensuite, à chaque fois, tu revenais, alors moi je t'ai cueillie, des après-midi entières, et puis j'ai acheté des feutres, et des papiers de couleur, des ciseaux, et puis les matinaux du zoo, tu te souviens, les petits zèbres en plastique, tu les préférais, et puis la pâte à modeler, et puis les Mister Fraise au sirop, qu'on mettait dans le f… frozer. Tous les soirs ou presque, tu es revenue. C'est exactement comme ça que ça s'est passé : une petite bille qui sonnait chez moi. Tu restais dormir, quand ça s'est dérapé, quand ça n'allait plus du tout, et puis après il y a eu, enfin bon. Ce n'est pas ça, le plus important, il ne faut pas que je m'échange tout… pardon. C'est toi qui vas choisir. C'est toi qui sauras. Mais je veux te dire une seule chose et après tu prendras ta solution : c'est ça, qui compte, qui compte plus que tout.

— C'est quoi ?

— Pour la première fois de mon avis, j'ai commencé à m'appliquer de quelqu'un d'autre, je veux dire de quelqu'un d'autre que moi. C'est ça qui change tout, tu sais, Marie. C'est d'avoir peur pour quelqu'un d'autre, quelqu'un d'autre que soi. C'est une grande chance que tu as.

— Tu vois que tu as des mots.

Elle est flattée.

— Ah oui, c'est vrai… En cas d'émergence.

— Tu veux que j'aille te chercher un thé au distributeur ?

— Je veux bien. Je suis crevée, tu sais. Au cidre, s'il te plaît.

— Au citron ?

— C'est ça.

Les jours où Michka attend une visite, elle s'habille bien. Elle choisit son pull bleu ciel, qui fait ressortir la couleur de ses yeux, ou bien elle met sa veste beige, assortie à son pantalon.

Je l'appelle toujours avant de venir. La veille de préférence, pour qu'elle ait le temps de se préparer.

Je frappe avant d'entrer.

Je l'embrasse.

— Tu ne devrais pas venir, ça t'embête, et puis tu devrais te reposer.

— On en a déjà parlé, Michk'. Je viens parce que ça me fait plaisir. Comment tu te sens ?

— Ça va, ça va… mais je ne sais pas trop ce qui se passe.

— C'est-à-dire ?

— Ici. Ce n'est plus du tout comme avant. Le niveau baisse, tu sais. Les résignants, il y en a deux qui sont morts…

— Des résidents ?

— Oui. Deux dans une même semaine. Madame Crespin, c'est elle qui recevait des colis avec des bâtons secs, eh bien… dans la nuit, pfffuit, comme ça.

— Ça t'a fait de la peine... Tu l'aimais bien, madame Crespin.

— Oui... Mais tu sais, on est des vieilles. Je te l'ai déjà dit, il faut être... réalistique, au bout d'un moment, ça ne peut plus durer. Ça commence à bien faire, même. Ce n'est pas triste, mais ça fait peur.

— Et l'autre dame, tu la connaissais ?

— Non, elle était au quatrième. Au quatrième stage. Chez les... Ils ne sont pas flous, tu sais, mais ils sont comme des fantômes qui préambulent la nuit, alors il faut les fermer. Mais le dilemme, c'est pour le catalogue...

— Quel catalogue ?

— Tu sais, le catalogue des Trois Ssss... (elle hésite) Cuisses.

— Pourquoi ?

— C'était à elle.

— À madame Crespin ?

— Oui, elle me l'avait prêté pour acheter des chauss... des chansons et je suis confuse parce que je ne le lui ai pas rendu.

— Ce n'est pas très grave, Michka, je ne suis pas sûre qu'elle l'aurait emporté avec elle. T'en avais vu qui te plaisaient ?

— Non, je n'aime pas les pompons... Mais tu sais, ici, ce n'est plus comme avant. Surtout le soir, quand ils font la ronde.

— Quelle ronde, Michk' ?

— Quand tous les résignants sont dans leur chambre, ils tournent pour donner les… et puis aussi le matin. Je sais bien ce que ça veut dire.

— Tu t'inquiètes pour rien, je t'ai expliqué, c'est normal que les aides-soignantes fassent un petit tour pour voir si tout va bien.

— Je n'aime pas la nuit.

— Tu ne dors pas bien ?

— C'est à cause des mots, je t'ai dit. C'est la nuit que… ça se terre… ça se perd, quand je n'arrive pas à m'endormir, je sais bien que c'est à ce moment-là qu'ils s'enfouillent, qu'ils s'enfuitent, j'en suis sûre, mais il y a rien à faire, des wagons entiers, à grande vitesse, rien à faire contre ça, je peux te le dire, même l'ornito… l'oroto… l'orto…

— L'orthophoniste ?

— Oui, il me l'a dit. Les esquisses, ça ne sert plus à rien quand on arrive à mon point.

— Tu exagères, je suis sûre qu'il n'a pas dit ça. C'est parce que tu n'aimes pas les exercices.

— C'est crevant. Après, tu devrais me voir, à ramasser à la chaudière. C'est triste, tu sais…

Pendant quelques secondes, elle se perd dans ses pensées.

— Il faudrait pas vieillir. Mais bon, ça tombe bien que tu sois là, je voulais te dire que j'ai réfléchi, je préférerais une abréviation.

— Comment ça ?

— Pour mes obstèques. Une abréviation… quelques petits sandwiches et on n'en parle plus. Comme madame Crespin, il paraît que c'était très sympathique.

— Tu veux dire une incinération ?

— C'est ça. Mais au sermon, les sandwiches, pas au pâté.

— Au saumon ? Oui, bon, O.K., c'est noté, mais il n'y a pas d'urgence, tu sais, on n'est pas pressées.

— Je n'ai pas pu y aller, pour madame Crespin. Ils avaient prévu un wagon pour y aller tous ensemble, mais j'étais trop fatiguée.

— Je comprends Michk', c'est normal. Il faut te reposer.

— Et le petit ?

— Quel petit ?

(Bien sûr que je sais de quoi elle parle.)

— Eh bien le tien ! Où est-il, alors ?

— Ben… il est toujours là. J'ai parlé avec Lucas. Il a été très compréhensif mais il est décidé à partir en Inde. Il travaille pour Nouvelles Frontières, tu sais, et on lui propose un poste de correspondant local. Il connaît bien le pays. Il me l'a dit depuis le début, qu'il attendait ce poste. Et moi, depuis le début, j'ai dit que je ne voulais pas bouger.

— Pourquoi ?

— Ben… parce que t'es là, Michk', et puis de toute façon, je n'ai aucune raison d'aller vivre en

Inde. Je viens de trouver un boulot ici, qui correspond à ce que je cherchais, c'est déjà assez compliqué…

— Et le garçon, il est… furtif… frileux… ?

— Furieux ? Non. Il m'a dit que je pouvais garder le bébé si je voulais. Qu'il m'aiderait quand il pourrait. Mais il veut partir. Quoi qu'il arrive. Et puis il n'a pas spécialement envie d'avoir un enfant. Tu sais, je crois qu'il n'est pas très amoureux de moi.

— Ah bon ? Mais pourquoi ?

(Je lui annoncerais qu'il refuse d'encaisser un chèque de cinq millions d'euros, elle aurait la même réaction.)

— Ben, c'est la vie, Michk', c'est comme ça.

— Mais… Tu lui as justifié que tu ne pouvais pas te coiffer, avec tes cheveux ?

— T'inquiète, Michk', ça n'a rien à voir avec mes cheveux. Il a des dreadlocks, tu sais ce que c'est ?

— Oui, oui. Ah bon. Il va falloir que tu prennes ta solution toute seule, alors. Sans fiancé.

— Ben oui, voilà. Mais ça va aller. Je vais me débrouiller… En fait, je crois que j'avais vraiment envie d'avoir un enfant. Tu veux faire un tour dehors ?

— Non, pas aujourd'hui, je suis fatiguée.

— Tu es sûre ? Il fait beau, tu sais.

— Non merdi.

JÉRÔME

Elle m'attend dans le fauteuil.

Elle ne fait rien en m'attendant. Elle ne fait pas semblant de lire, de tricoter, ou d'être occupée.

Ici, attendre est une occupation à part entière.

Quand j'entre dans sa chambre, je lui serre la main puis je prends de ses nouvelles. Elle me propose un verre d'eau, ou un jus de fruits s'il lui reste une petite brique du goûter, elle tient à m'offrir un chocolat, ou un bonbon, une manière de me rendre quelque chose, je le sais.

Nous avons nos rituels.

Elle aime ce moment où je déclenche la fonction enregistrement de mon appareil numérique et où commence notre séance, toujours plus ou moins par les mêmes mots :

« Nous sommes le 5 septembre, j'enregistre, avec son accord, la vingtième séance de madame Seld. »

— Vous aimez les proverbes, Michka ?

Elle fait la moue.

— Aujourd'hui, on va faire un petit exercice pour stimuler votre mémoire et vous aider aussi à entretenir votre vocabulaire.

— On va voir.

— Oui, vous allez voir, c'est très ludique. Je vous donne le début d'un proverbe et vous devez trouver la fin. On démarre par quelque chose de facile, il vous suffit de deviner le dernier mot pour compléter le proverbe. D'accord ?

Elle acquiesce sans enthousiasme.

— *À chaque jour suffit sa…*

— Chaîne.

— Vous êtes sûre ? Je vous le redis : *à chaque jour suffit sa…* ?

— Plaine.

— Sa peine, Michka. Vous y étiez presque. *Les absents ont toujours…*

— … fort… tort !

— Très bien. *Il n'y a pas de fumée sans…*

— Feu.

— *La vérité est au fond d'un…*

— Champ ?… (Elle réfléchit.) Volcan ?

Elle me regarde à présent d'un air contrarié.

— Je ne le connais pas, celui-là.

— *La vérité est au fond d'un puits.* Ça ne vous dit rien ?

— Rien du tout.

— Un autre : *Faute avouée est à moitié…*

— Ha ! Alors, vous y êtes allé ?

— Où ?

— Voir votre père.

— Je n'ai pas dit que j'irai, Michka, j'ai dit que je réfléchirai.

— Vous avez réfléchi ?

— J'y réfléchis, oui, mais cela prend du temps. Cela ne se décide pas comme ça. C'est risqué. C'est compliqué, vous savez. Allez, n'en profitez pas pour vous déconcentrer. Encore un : *Avoir d'autres chats à…*

— Cela me fait peur pour vous. Les regrets.

— Je sais, Michka. Moi aussi, ça me fait peur. Mais parfois, on n'a pas le choix. C'est une question de… protection.

— Mais vous êtes bolide, maintenant. Non ?

L'infirmier entre dans sa chambre à point nommé. Je n'interromps pas l'enregistrement.

Il lui parle très fort, très distinctement, comme à une enfant. Michka ne paraît pas s'en formaliser.

— Vous vouliez me voir, madame Seld ? Il paraît que vous me cherchiez ce matin…

— Ah oui… Est-ce que vous pourriez me mettre quelque chose qui soit plus… substantiel dans mon… du soir… Les pi… pu…

— Les pommades ?

— Non, non… Ce sont de toutes petites choses, comme ça, on en met par-ci par-là… deux ou trois…

— Les pilules ?

— Oui.

— Vous me parlez de votre traitement, là, madame Seld. Vous avez une gélule qu'on vous donne à dix-huit heures et puis le soir, un peu plus tard, on vous en donne une autre.

— Comment ça s'appelle ?

— À dix-huit heures, ça s'appelle Oméprazole, et à vingt-deux heures ça s'appelle Mianserine.

— Quel est le plus noctif ?

— Ils ne font pas la même chose. Celui de vingt-deux heures c'est pour passer une bonne nuit, et celui de dix-huit heures c'est pour ne pas avoir mal au ventre…

— Ah… Alors mettez-moi un vingt-deux heures.

— Il faut voir ça avec votre médecin traitant, vous voulez qu'on avance celui de vingt-deux heures ?

— Oui.

— Vous n'arrivez pas à dormir, c'est ça ?

— C'est beaucoup dire, mais c'est un peu dire…

— On va demander à votre médecin. Vous êtes agitée, le soir, il paraît.

— Oh… Pas si tant.

Alors il se tourne vers moi, me prenant à témoin.

— Avec Monsieur Terdian, figurez-vous qu'ils gardaient des couteaux dans leur chambre pour trafiquer les fenêtres...

Puis il s'adresse de nouveau à elle, beaucoup plus fort.

— On ne peut pas vous laisser les couteaux dans votre chambre, madame Seld, vous avez compris ?

Elle le prend un peu de haut.

— Oui, j'ai très bien compris, monsieur. Mais bon, ça ne mange pas de chien, on peut bien ouvrir la fenêtre, on ne va pas s'évapoler !

— Pour le traitement, je vais en parler avec la directrice, elle va voir ça avec votre médecin traitant. Je vous laisse, madame Seld.

Il part. Ses chaussures font un bruit de ventouse sur le lino.

Michka me regarde.

— Il est gentil, vous savez, il a l'air un peu tartare, comme ça, mais il est très gentil.

— Je n'en doute pas, Michka. On reprend notre petit exercice ?

Ses épaules s'affaissent soudain et elle soupire avec ostentation.

Je ris.

Elle rit aussi.

— *Qui peut le plus peut le...*

— Je vous ai dit que Marie était en plainte ?

— Enceinte, oui, vous me l'avez dit la semaine dernière.

— Elle va garder le bébé. Toute seule, vous savez.

— Cela vous tracasse ?

— Pas si tant. Mais un peu quand même.

MARIE

Quand je vais rendre visite à Michka, j'observe les résidentes. Les très très vieilles, les moyennement vieilles, les pas si vieilles, et parfois j'ai envie de leur demander : est-ce que quelqu'un vous caresse encore ? Est-ce que quelqu'un vous prend dans ses bras ? Depuis combien de temps une autre peau n'est pas entrée en contact avec la vôtre ?

Quand je m'imagine vieille, vraiment vieille, quand j'essaie de me projeter dans quarante ou cinquante ans, ce qui me paraît le plus douloureux, le plus insoutenable, c'est l'idée que plus personne ne me touche. La disparition progressive ou brutale du contact physique.

Peut-être que le besoin n'est plus le même, que le corps se rétracte, se recroqueville, s'engourdit comme lors d'un long jeûne. Ou peut-être qu'au contraire il crie famine, un cri muet, insoutenable, que plus personne ne veut entendre.

Quand Michk' s'avance vers moi de son pas chancelant, mal équilibré, j'aimerais la serrer contre moi, lui insuffler quelque chose de ma force, de mon énergie.

Mais je m'arrête avant de la prendre dans mes bras. Une pudeur, sans doute. Et la peur de lui faire mal.

Elle est devenue si frêle.

Quand je serai vieille, je m'allongerai sur mon lit ou me calerai les reins dans un fauteuil et j'écouterai la musique que j'écoute aujourd'hui, celle qui passe à la radio ou dans les boîtes de nuit. Je fermerai les yeux pour retrouver la sensation de mon corps en train de danser. Mon corps délié, souple, obéissant, mon corps au milieu des autres corps, mon corps affranchi de tout regard, quand je danse seule au milieu de mon salon. Quand je serai vieille, je passerai des heures ainsi, attentive à chaque son, à chaque note, à chaque impulsion. Oui, je fermerai les yeux et je me projetterai mentalement dans la danse, dans la transe, je retrouverai un à un les mouvements, les ruptures, et mon corps épousera de nouveau le rythme, la mesure, au plus près de sa pulsation.

Quand je serai vieille, si je le suis un jour, il me restera ça. Le souvenir de la danse, les basses qui cognent dans le ventre, et l'ondulation de mes hanches.

Elle somnole dans son fauteuil. Je suis assise près d'elle depuis plusieurs minutes, des ondes minuscules passent sur son visage et je peux y lire qu'elle commence à percevoir ma présence. Elle ouvre les yeux.

— Bonjour Michk', comment ça va ?

— Je ne dormais pas, tu sais.

— Je sais Michk', t'inquiète. Tu m'attendais. Tu te sens bien ?

— Oui, ça va. Et toi, comment ça se passe pour le… petit ?

— J'ai vu le médecin, il m'a dit que tout allait bien.

— Tant mieux. Et l'affiche alors ?

— Toujours rien, Michka, je suis désolée. J'ai refait passer l'annonce mardi dernier. Pour l'instant, pas de nouvelles.

La tristesse fane son visage, d'un seul coup.

— J'aurais voulu… tant… tu sais…

— Tu es vraiment décidée ?

— Oui.

— Je vais réfléchir, alors. On va chercher autrement.

Elle reste silencieuse pendant quelques secondes, perdue dans un songe. Et puis elle chasse la déception, comme une mauvaise pensée.

— Elles m'ont proposé de jouer au fridge, je t'ai dit ?

— Ah non, tu m'as pas dit, qui ça ?

— Les Femen.

— Quelles femmes ?

— Les jeunes. Celles qui freinent toujours en bas, tout l'après-midi, dans le grand salon, il y en a même qui vont à l'atelier corporel.

— C'est vrai qu'elles ont l'air en forme, mais elles ne sont pas si jeunes, tu sais.

— Celle qui est en fauteuil croulant, c'est la chef de la bande. Tu vois laquelle ? Avec la robe de salle de bain.

— Oui, je vois. Et alors, t'as dit oui ? Tu vas jouer au bridge avec elles ?

— Je ne sais pas.

— Pourquoi, tu n'as pas envie ?

— J'ai peur de jouer faux.

— Mais non, Michk'. Tu connais les règles, il n'y a aucune raison que tu n'y arrives pas.

— Si c'est pas malheureux...

— Quoi donc ?

— Monsieur Terdian, il est tombé dans sa chambre. Il s'est cassé un gros os, il est là-bas, à... au...

(Elle cherche un mot qu'elle ne trouve pas.)

— À l'hôpital ?

— Oui. J'espère qu'il va revenir.

— Mais oui Michk', il va revenir dès qu'il ira mieux.

— Tu sais, quand même, il se passe quelque chose de grave, ici. Très grave. Dans les toilettes de dessous. Il faut que tu ailles voir. Moi je n'y vais plus d'un pied, parce que je sais très bien où ils veulent en venir.

— De quoi tu me parles, Michk', tu veux dire les toilettes du rez-de-chaussée ?

— Oui, près du ref… de la s… stable à manger… tu regarderas, en haut de la porte, il y a un… une sorte de… chose blanche… qui lance un… pshiiiiit, comme ça, à chaque fois qu'on entre dedans. Je vais te le dire : ils nous gazent.

— Mais non, Michk', c'est un diffuseur de parfum d'ambiance.

— L'ambiance n'est pas torrible, crois-moi. Et ce n'est pas le parfum qui va la réchanter. Va voir, quand tu repartiras.

— J'irai, si tu veux. Mais tu t'inquiètes pour rien. Tu es en sécurité ici, tu le sais ?

— Si tu le dis.

Michka est debout face à la méchante directrice. L'expression de cette femme, la raideur de sa posture, tendent à prouver qu'il s'agit d'un cauchemar, mais à ce moment-là Michka n'en est pas sûre.

La directrice lui parle sur un ton ferme, légèrement impatient.

— Vous pouvez lever les bras, madame Seld ?

Michka s'exécute.

— Plus haut !

Michka lève les deux bras vers le ciel.

— Vous avez perdu beaucoup de souplesse depuis votre arrivée, madame Seld. Énormément. C'est fréquent, j'aime autant vous le dire, cette dégringolade spectaculaire dès lors que les résidents entrent en institution, mais ne croyez pas que nous allons nous apitoyer. Nous n'avons pas le temps. La liste d'attente est longue, vous le savez. Donc, si je résume : perte d'autonomie sur le plan de la toilette, de l'habillage…

— Ah non, je m'habille toute seule.

— Plus pour longtemps. Je reprends : perte d'autonomie sur le plan de la toilette, de l'habillage, des repas…

— Ah non, pardon, mais je mange très bien toute seule !

— Le langage est de plus en plus perturbé : aphasie, paraphasie, mot manquant, le tableau est complet.

— Vous savez, dans mes rêves, les mots ne manquent pas. Dans mes rêves, je parle très bien.

— C'est ce que vous croyez. Ou bien c'est ce que vous voulez nous faire croire. Mais qu'est-ce qui le prouve ?

— Eh bien, là, par exemple… je parle, non ?

La directrice se met à rire. Un rire démoniaque. Qui s'éteint subitement.

— On ne va pas y passer la nuit. Pour la suite, quel est votre échéancier ?

Michka est décontenancée.

— Je ne sais pas…

— Souhaitez-vous stationner dans notre établissement ?

— Pas trop longtemps, mais j'attends des nouvelles. Je ne peux pas partir comme ça, vous comprenez.

— Alors il va falloir faire un gros effort. Un : faire votre lit correctement et non comme une adolescente. Deux : participer aux exercices que monsieur Milloux vous propose et auxquels vous refusez obstinément de collaborer…

— Pas du tout, je fais de gros efforts.

— Insuffisants. Trois : respecter l'heure du couvre-feu. Quatre : sortir votre bouteille de whisky de votre placard.

— Oh… vous le saviez ?

— Je sais tout, madame Seld. La gestion performante d'un établissement d'hébergement pour personnes âgées dépendantes repose sur un service de renseignement sans faille. Quelle est votre ligne de défense ?

— Je suis désolée, je ne voulais pas vous contrarier. Pas du tout. Mais il faut bien qu'on cache des petites choses, vous comprenez ? Pour être vivants. Il faut bien qu'on puisse faire des petites choses tout seuls dans notre coin, des petites choses légèrement interdites, et fermer notre porte quand on a besoin d'être tranquilles. Vous comprenez ? Ce n'est pas contre vous, madame…

— Rosbeef.

— Ce n'est pas contre vous, madame Rosbeef. Nous avons juste besoin de nous sentir encore un peu libres, sinon à quoi bon ?

— Ah ça, je vous le demande, madame Seld ! Voilà la vraie question : à quoi bon ?

Sur ces mots, la directrice s'éloigne. Son pas résonne dans le couloir.

JÉRÔME

En quelques semaines, son élocution est devenue plus lente, plus sinueuse, elle s'arrête parfois au milieu des phrases, complètement perdue ou bien elle renonce au mot manquant et passe directement au suivant. J'apprends à suivre le chemin de sa pensée.

Je suis vaincu. Je le sais. Je connais ce point de bascule. J'en ignore la cause mais j'en mesure les effets. La bataille est perdue.

Mais je ne dois pas lâcher. Surtout pas. Sinon ce sera pire encore. La chute libre.

Il faut lutter. Mot à mot. Pied à pied. Ne rien céder. Pas une syllabe, pas une consonne. Sans le langage, que reste-t-il ?

Nous avons fait dix minutes d'exercices, auxquels elle s'est pliée de bonne grâce, mais elle a, semble-t-il, atteint son point de saturation.

— Vous voulez qu'on arrête, Michka ?

— Ça ne sert pas.

— Mais si, je vous promets, ça sert à quelque chose.

Pendant quelques secondes, elle ne dit rien. Je la connais maintenant et je sais que ces silences précèdent souvent un souvenir, ou une confidence.

— Si c'est pas malheureux. Vous savez... J'y pense tant... la nuit. À cause de l'affiche, dans le journal. Mais ça ne répond pas. Je pense à eux. Vous imaginez, trois ans... sans rien dire... si jamais... C'était très dangereux, vous savez... ils auraient pu être... transportés... eux aussi... très dangereux... il y avait... une petite... gouttière où on allait... dans l'eau... ça je m'en souviens... avec le chien... il me reste quelques... comme ça... des... si nets... j'aurais aimé... tant... pour leur dire. Si c'est pas malheureux...

— Je suis désolé, Michka, je n'arrive pas bien à vous suivre. Vous me parlez de vos parents ?

— Non. Mes parents... ils sont... en fumée.
— Ils ont été incinérés ?
— Plus fort.
Je la regarde pendant quelques secondes, son menton s'est mis à trembler.
— Vous les avez connus ?
— Pas si tant.
— En quelle année vous êtes née, Michka ?
— 1935.
— Vos parents ont été déportés ?
Elle acquiesce. Sur son visage, l'assaut brutal du chagrin. Il n'y a plus aucun mot à portée de main.
— Ils sont revenus ?
De la tête elle me fait signe que non.

Elle se lève et se dirige vers la salle de bain.
Elle n'a pas pris sa canne. Elle connaît la pièce par cœur. Chaque appui. Main droite, main gauche.
Je ne dis rien. J'attends.
J'entends le bruit de l'eau qui coule.

Quelques minutes plus tard, elle sort et se rassied. Elle me sourit.
— Elle vient moins souvent vous savez. À cause de son enceinte.
— Marie ?
— Oui. Le docteur a dit ça... Pas trop de dépassements.

— Elle a sans doute des contractions. Il ne faut pas prendre de risque pour le bébé. Heureusement il y a madame Danville qui vient vous voir de temps en temps.

— Oui, et puis Armande, celle que j'aime bien. À la cantine, on est… en côte.

— Ah oui, elle a l'air très dynamique, cette dame.

— Elle fait toutes les captivités, mais moi… je suis… trop…

— C'est vrai, elle participe beaucoup aux activités. Mais vous, Michka, vous allez être grand-mère en quelque sorte !

— Oui, si on peut croire. Vous savez, c'est étrange… Comment vous dire… Il y a un… une… sorte de… ronde, non ? Ou bien un… un… (elle fait des gestes qui évoquent un cercle ou un ensemble)… qui prend… forme… feu à feu… vous voyez ?

— Dites-m'en un peu plus.

— Ce sont des… liesses, qui se mettent en place les unes dans les autres, qui se… ressemblent, comme un p… p… p…

— Puzzle ?

— Oui, voilà. Ça donne de l'essence. Au bon moment. Quand on a du mal à en prouver… parce que tout est devenu si diffus. Vous comprenez ?

— Je crois, oui.

— Et Marie, vous ne l'avez pas remarquée ?

— Rencontrée ?

— C'est ça.

— Non, je ne l'ai pas rencontrée, elle vient rarement en semaine et moi, je vous ai dit, je ne viens jamais le week-end.

— Vous savez qu'elle habitait... dans le même décor, quand elle était... petite ?

— Oui Michka, vous m'en avez beaucoup parlé, au début, quand vous êtes arrivée ici.

— Je vous ai raconté ?

— Oui, lors de nos premières séances. Vous m'avez parlé de Marie et vous m'avez expliqué que c'était une petite fille qui vivait dans l'appartement au-dessus de chez vous, une petite fille dont vous vous êtes beaucoup occupée. Et puis il y avait aussi madame Danville, la gardienne de l'immeuble, celle qui vient vous voir régulièrement.

— Oui, avec les chocolats. Elle est tellement chan... chantille. Vous savez qu'elle me... telle... tous les jours. Tous les matins. Qu'il flotte ou qu'il beige. Tous les matins, avant de commencer sa fournée.

— Elle vous téléphone ?

— Oui, c'est ça. C'était pareil quand j'étais encore chez moi. Tous les jours, un petit coupe-file pour vérifier. Vous vous rendez compte ?

— Oui, c'est très gentil, c'est vrai. Elle est restée dans l'immeuble ?

— Non. Elle a pris sa requête et elle est partie… en dehors, pour la… verdure. Vous savez, Marie allait chez elle, aussi, quand moi je ne pouvais pas. Mais elle venait surtout chez moi.

— Et les parents de Marie ?

— On ne sait pas de père. Et sa mère, elle était… cette jeune femme si… triste… Parfois elle passait tout le jour, fermée… sans sortir du lit… dormir, dormir, tout le temps, vous voyez, les draps fermés, les portes fermées, les yeux fermés, mais parfois elle partait aussi comme ça, sans prévenance, la nuit d'abord et puis après, plusieurs jours de fuite.

— Elle partait de chez elle ?

— Oui, voilà.

Je sens que ces souvenirs la bouleversent. Elle se confie rarement sur le passé.

— Je la voyais dans le décor, la petite. Avec sa mère, ou bien toute solifère. Elle… avec des poupées ou des… choses en plastique. Un jour, je suis sortie, dans le parc… Il faisait très froid. Elle était avec sa mère, elles se…

— Promenaient ?

— Oui, mais la petite, elle n'avait pas de manchot.

— De manteau ?

— Oui. Elle n'en avait pas. Et sa mère elle parlait, elle parlait, elle était chantille avec elle, mais comme si… elle ne se tenait pas compte. Du froid.

Alors j'ai donné mon chantail à Marie et j'ai dit : tu viens quand tu veux.

— Elle vous avait reconnue ?

— Oui, c'est sûr. Je la voyais souvent dans… l'escarpé.

— Et elle est venue ?

— Oui, quelques jours après, elle a frappé. J'étais… si… Mais qu'est-ce que je pouvais faire ? Elle a dîné et puis elle est repartie. Ensuite elle est revenue… très souvent… Pour dormir, aussi. Et après, chez moi, presque tout le temps.

— Vous n'avez pas prévenu les services sociaux ?

— Non. Je pensais mais je pensais aussi à ce mot, vous savez… ce mot… qui fait peur.

— Quel mot, Michka ?

— Celui qui… balance. En fer… En vert… En verbe.

— Dénoncer ?

— Oui. Dénoncer, ce n'est pas fossible, vous savez. Je n'ai pas eu le cœur… Sa mère, elle essayait de se… sortir, elle était toute… vous voyez ? Elle est venue dormir chez moi aussi parfois. Certains jours, elle était très bien, et parfois pendant plusieurs temps. Et elle s'occupait de la petite alors.

— Et aujourd'hui ?

— Elle est… morte. Marie venait d'avoir sa… majeure.

— Sa majorité ?

— C'est ça. Un... (elle cherche un mot qu'elle ne trouve pas) avec la voiture.

— Un accident ?

— Oui.

— Et c'est vous qui vous êtes occupée d'elle alors ?

Un silence nous enveloppe.

— Ce sont des souvenirs douloureux, tout ça, pour vous Michka, n'est-ce pas ?

— Oui mais maintenant, c'est... autre chose... vous voyez ? Tout à fait... diffère.

— Eh bien oui, je vois. Maintenant Marie est enceinte, elle va bien, c'est merveilleux, non ?

— Mais je ne pourrai pas raconter.

— À qui ?

— Au petit. Je voulais raconter comme une... une... une... Oh, vous l'avez dit, tout à l'heure.

— Une grand-mère ?

— Voilà.

— Et pourquoi vous ne pourriez pas raconter comme une grand-mère ?

— Trop... d'échappement... et puis je suis si... grevée. Vous aussi ?

— Non, moi ça va, Michka, je ne suis pas fatigué. Vous, c'est normal, vous avez beaucoup parlé aujourd'hui. Mais je vous trouve un peu triste ces derniers temps, je me trompe ?

— Vous savez, la femme de méninge, elle m'a apporté des chouflettes.

— Des chaussettes ?

— Non…

Elle joint l'index et le pouce et me regarde, un rien espiègle, au travers du trou ainsi formé.

— Des bonbons ?

— Non… en forme de… ch… chouette.

— Des chouquettes ?

— Voilà, c'est cela ! Vous en voulez une ?

— Une petite, je ne dis pas non. Et puis on va s'arrêter pour aujourd'hui, d'accord ?

— Et vous, vous en avez des enfants ?

— Ah non, Michka, j'aurais bien aimé, mais j'ai divorcé avant.

— Ah bon ? Et vous n'avez pas de neuf ?

Je ne peux pas m'empêcher de rire.

— Vous êtes bien curieuse, Michka ! Non, rien de très neuf, à vrai dire.

— Mais pour votre père…

— Ah, il y avait longtemps.

On s'observe pendant quelques secondes, je lui souris.

— J'ai pensé. Vous devriez peut-être… écrire… Ce serait… un leste… un geste.

— Je vais réfléchir, Michka. Pourquoi cela vous tracasse-t-il tant, cette histoire avec mon père ?

— C'est vous.

— Comment ça, c'est moi ?

— C’est vous que ça fracasse.

— Mais non, allons. Ne vous inquiétez pas. Et pour votre traitement, ça s’est arrangé ?

— Oui, très bien. Ils m’ont… avancé… les vingt-deux heures. C’est bien.

— Bon, je vais vous laisser vous reposer. À jeudi ?

Je suis orthophoniste. Je travaille avec les mots et avec le silence. Les non-dits. Je travaille avec la honte, le secret, les regrets. Je travaille avec l'absence, les souvenirs disparus, et ceux qui ressurgissent, au détour d'un prénom, d'une image, d'un parfum. Je travaille avec les douleurs d'hier et celles d'aujourd'hui. Les confidences.

Et la peur de mourir.

Cela fait partie de mon métier.

Mais ce qui continue de m'étonner, ce qui me sidère même, ce qui – encore aujourd'hui, après plus de dix ans de pratique – me coupe parfois le souffle, c'est la pérennité des douleurs d'enfance. Une empreinte ardente, incandescente, malgré les années. Qui ne s'efface pas.

Je regarde mes vieux, ils ont soixante-dix, quatre-vingts, quatre-vingt-dix ans, ils me racontent des souvenirs lointains, ils me parlent d'époques anciennes, ancestrales, préhistoriques, leurs parents sont morts depuis quinze, vingt, trente ans, mais la douleur de l'enfant qu'ils ont été est toujours là. Intacte. Elle se lit sur leur visage et s'entend dans leur voix, à l'œil nu je la vois battre dans leur corps, dans leurs veines. En circuit fermé.

Ce jour-là, j'arrive et je la trouve dans un état de grande agitation. Elle se tient debout au milieu de la pièce, au bord des larmes, furieuse. Sa chambre est dans un désordre inhabituel, comme si elle avait entrepris de déplacer les meubles et avait renoncé avant d'en venir à bout.

Je frappe, puis j'entre sur la pointe des pieds.

— Bonjour Michka, comment allez-vous ?

— Rien du tout.

— Vous m'avez l'air en colère, je me trompe ?

— C'est la militaire, elle ravive comme ça, sans… frappir et elle veut toujours tout… manger.

— L'auxiliaire ?

— Oui.

— Elle entre sans frapper ?

— Oui.

— Il faut en parler avec elle, Michka. Pareil pour le rangement. Et si elle ne tient pas compte de vos demandes, il faut en parler avec la directrice.

Elle s'assied dans son fauteuil.

— Mais je n'arrive plus à dire, alors elle ne comprend pas. Même quand je suis dans le… la… elle… raboule comme ça.

— Vous voulez que j'en parle ?

— Non, non, surtout pas. Elle va être en colère. Et vous ? (Elle me scanne.) Vous avez l'air triste.

Les vieux sont comme les enfants, on ne peut rien leur cacher.

— Ah bon, vous trouvez ? Non, tout va bien je vous assure.

— Parler… c'est si diffus… ça fatigue, vous savez.

— Je comprends, Michka.

— L'autre jour… j'ai fait un… (elle fait un drôle de geste, d'une main, qui désigne sa tête), j'aimerais vous le dire… mais c'est trop loin.

— Un rêve ?

— Oui, mais méchant.

— Un cauchemar ?

— Oui, avec la… grande régimente… Elle voulait me… débarrasser.

— Vous êtes anxieuse, Michka, ces derniers temps, vous en avez parlé aux auxiliaires ?

— Non, je ne peux pas… Il ne faut pas montrer qu'on est friable, aux militaires… Surtout pas.

Elle tourne un peu dans sa chambre, puis elle revient vers moi.

— Je voulais vous dire…

— Oui.

— C'est le… Ce n'est plus ce que c'était, vous savez. Ça a beaucoup baissé… Et puis j'oublie les... Alors tout est... effaré... égaré. Ça me... fraie.

— Ça vous fait peur ?

— Oui. Mais... froid aussi.

— Marie est venue vous voir ?

— Non, c'est fini. Elle est... (Elle me fait un signe horizontal de la main.) Le docteur.

— Elle doit rester allongée ?

— Oui.

— Pour combien de temps ?

— Le plein.

— Jusqu'à l'accouchement ?

— Oui.

— Ah, c'est embêtant ça. Mais bon, c'est pour le bien du bébé. Et puis elle va vous téléphoner souvent, j'en suis sûr, pour vous donner des nouvelles.

— Oui, mais moi je... n'arrive pas.

— Avec le téléphone ?

— Oui. C'est trop loin.

— Je comprends. Mais ça ne va pas durer très longtemps. Après, Marie pourra revenir vous voir. Peut-être même avant l'accouchement. On essaie de travailler un petit peu, vous voulez ?

— D'abord.

— Aujourd'hui j'ai apporté quelques objets pour un nouvel exercice. Pour chacun, vous allez me dire à quoi il sert et ensuite me décrire comment on s'en sert. D'accord ?

— D'abord.

Elle observe avec curiosité le matériel que je sors de mon sac. Parmi les objets, un bloc de correspondance que je place sous ses yeux.

— Ah, c'est pour… les… mètres… les lettres.

— Très bien, mais encore…

— C'est un… floc.

— Un bloc, oui, qui sert pour…

Elle fait le geste d'écrire mais ne trouve pas le mot.

Je poursuis.

— Pour écrire une lettre.

— Voilà.

— Expliquez-moi, alors, comment on fait.

— On prend un… et puis on ouvre le… (elle mime un stylo qu'elle débouche), et voilà.

— Parfait. Regardez-moi bien. Qu'est-ce que je fais avant d'écrire ?

— Vous glissez… la… ligne…

— Oui, tout à fait, je mets le guide-lignes sous mon papier, pour pouvoir écrire droit.

— Voilà.

— Et ensuite, quand on a terminé sa lettre, qu'est-ce qu'on fait ?

— On la… plisse dedans.

— Dans quoi ?

— Dans l'en… l'en… tilope ?

— L'enveloppe. Et ensuite on va à la… ?

— Poste.

— Très bien.

— Et vous ?

— Quoi, moi ?

— Vous avez écrit votre lettre ?

— Quelle lettre, Michka ?

— À votre père.

— Le moins qu'on puisse dire, c'est que vous avez de la suite dans les idées !

Elle ne peut s'empêcher d'afficher un petit air fiérot. Je souris.

— Non, Michka, pas encore. On verra. Justement, si on s'entraînait à écrire quelques mots aujourd'hui ? Vous aussi, Michka, je suis sûr que cela fait longtemps que vous n'avez pas écrit. Sur le bloc de correspondance, vous pourriez écrire quelques mots à Marie, cela lui ferait plaisir, vous ne croyez pas ?

— Oui mais… avec un… qui… Pas lui.

— Pas ce stylo ?

— Non. Qui s'efface.

— Vous voulez dire un crayon à papier ?

— Oui.

— Je dois en avoir un.

Je cherche dans ma sacoche et trouve un ou deux crayons que je lui tends.

— Et une pomme.

— Une gomme ?

— Oui.

— Ah, ça, je n'en ai pas.

— Moi oui. Allez voir dans le miroir.

(De la main, elle me désigne sa table de chevet.)

— Dans le tiroir ?

— C'est ça.

— Vous voulez que je prenne une gomme dans votre tiroir ?

— Oui. Dans la chose en fer.

Je m'approche de la table de nuit pendant qu'elle s'installe au bureau.

J'ouvre le tiroir dans lequel je découvre deux boîtes en fer anciennes, patinées par le temps, de celles qui font la joie des brocanteurs. J'ouvre la première. Une cinquantaine de petits comprimés jaunes y sont rassemblés. Dans un mouvement de recul, je manque de tout renverser. Michka n'a rien vu. Je referme la boîte. Mon cœur s'est mis à battre beaucoup plus vite. J'ouvre la seconde boîte qui abrite comme prévu des trombones, une recharge d'agrafes et une gomme.

Je prends la gomme, je referme le couvercle avec délicatesse, puis repousse le tiroir. Elle est penchée au-dessus de la feuille, sur laquelle elle tente de fixer quelques mots de son écriture tremblante, une main posée sur le papier, l'autre crispée sur le crayon.

Je n'arrive pas à prononcer un mot.

Tous ces comprimés dans la boîte.

Cinquante au moins, peut-être même davantage.

Gardés à l'insu des soignants.

Me revient alors la conversation à laquelle j'ai assisté il y a quelques semaines.

Des somnifères, donc.

Sur la feuille, Michka a écrit : « Chère Marie ».

Elle patiente à présent, crayon levé.

Elle me regarde, elle a besoin de moi pour la suite, intimidée par le papier. Je l'encourage d'un signe de tête. Elle se lance.

Je m'approche d'elle.

J'hésite un instant avant de parler.

— Michka, regardez-moi.

Elle relève la tête comme une enfant interrompue dans une dictée.

— Vous gardez les vingt-deux heures ?

— Ah bon ?

Face à son innocence feinte me vient une envie irrésistible de la prendre dans mes bras.

— En cherchant votre gomme, j'ai ouvert par erreur l'autre boîte en fer. Vous savez ce que j'ai vu, Michka, n'est-ce pas ?

Elle hésite une seconde. Je la connais, je la connais très bien maintenant. Il m'arrive même de croire que je peux lire dans ses pensées.

— Attendez. Je vais vous dire… C'est juste… pour être… vibre… vous comprenez ?

— Pour être libre ?

— Oui. Libre, c'est ça. Juste savoir. Que c'est fossible de… partir. Tant qu'il est encore chant.

Nous restons silencieux pendant un long moment.

— Vous ne direz pas ?

— Je vais y réfléchir, Michka.

Michka se tient debout face à la méchante directrice qui la toise sans aucune compassion.

— Madame Seld, je suis au regret de vous annoncer que nous avons reçu il y a quelques jours une lettre de dénonciation mentionnant un certain nombre de délits très précis vous concernant et faisant par ailleurs état de tous les biens officiels et officieux en votre possession.

— Ah bon, mais qui a pu faire une chose pareille ?

— Peu importe qui. Un voisin, une voisine, un visiteur, une infirmière, votre amie Grace Kelly ! Ou peut-être même une auxiliaire de vie appâtée par votre ventilateur ou votre transistor stéréo ! L'âme humaine est ainsi faite, madame Seld, et je ne pense pas, compte tenu de vos origines, que vous puissiez l'ignorer. Vous ne croyez quand même pas que les choses ont changé ? Les gens sont prêts à tout pour quelques meubles ou une chambre avec vue.

— Je n'ai pas grand-chose vous savez. J'ai vendu mon appartement pour payer les frais de séjour d'ici, il ne me reste qu'une seule bague et mon transistor ne vaut pas tripette.

— C'est ce qu'on dit. C'est ce qu'ils disent tous. Et ensuite on découvre le magot. Mais ce n'est pas le sujet. Je crois que vous savez très bien de quoi nous devons parler.

— C'est à cause du whisky ?

— Ne faites pas l'innocente, vous dis-je.

— Je ne vois pas.

— Ah bon ? Vous en êtes sûre ? Ne devrais-je pas alerter immédiatement les Autorités Supérieures de l'Assurance Vieillesse et de la Prévoyance Obsèques au sujet de ce qui se trouve dans votre tiroir, madame Seld ? Le tiroir de la table de nuit.

Michka se tait. Prise en faute.

La directrice s'adresse à elle sur un ton glacial.

— Vous croyez que vous pouvez lâcher l'affaire comme ça ? Déserter votre poste, vos fonctions ! Vous croyez que c'est vous qui en décidez ? Je n'aurais jamais imaginé cela de la part d'une femme comme vous. Nous vous avons recrutée parce que nous pensions que vous étiez digne de notre établissement. Parce que nous pensions que vous seriez prête à vous battre jusqu'au bout. Car c'est ce que nous attendons de nos membres : pugnacité, ténacité, opiniâtreté. Nous luttons depuis toujours contre le turn-over. C'est une question de rentabilité. Je sais très bien ce que vous fomentez, ne me prenez pas pour une idiote. Je sais ce qu'il y a dans votre tiroir et de quelle façon vous projetez de l'utiliser. Voilà pourquoi vous gardez le whisky ! Joyeux mélange... C'est une honte, voilà tout.

— Mais non. Enfin peut-être... ou pas du tout. Mais ce n'est pas pour tout de suite.

— Ah bon ? Et pour quelle raison devrais-je vous croire ?

— Parce que j'espère.

— Vous espérez quoi ?

— Les retrouver. Pour pouvoir partir.

— Il fallait y penser avant !

— Mais je n'ai pas pu.

— Qu'est-ce que c'est que cette histoire ?

— C'est compliqué. Et c'est très simple à la fois.

Michka s'assied. Elle cherche à rassembler ses souvenirs, elle ne regarde plus la directrice. Elle commence à raconter. Bientôt, ce n'est plus à cette femme qu'elle s'adresse, c'est à elle-même ou à quelqu'un qui n'est plus là.

— C'est une cousine de ma mère qui est venue me chercher. J'avais dix ans et je ne l'avais jamais vue. Pendant la guerre, elle avait réussi à partir chez des amis, en Suisse. Tout était à reconstruire. Sur les cendres et la douleur. Elle m'a adoptée parce qu'elle n'avait pas le choix. Nous avons vécu là-bas. Elle m'a dit que mes parents étaient morts dans les camps et puis c'est tout. Elle ne pouvait pas parler. Elle s'est comportée comme si tout cela n'avait jamais existé. Peut-être à cause de la honte.

Vous ne savez pas la honte. Et la tristesse. Elle était vivante et tout le monde était mort. Plus tard, j'ai cherché. J'ai retrouvé leur trace. Ce qu'ils avaient vécu, par où ils étaient passés. Drancy, Auschwitz. Mais il y avait aussi ces souvenirs, qui revenaient de plus en plus souvent, qui me hantaient même. Des souvenirs lointains qui ne correspondaient à rien de ce qui m'avait été raconté. Ces visages inconnus qui commençaient à s'estomper, la rivière dans laquelle nous nous baignions, le petit bois derrière la maison, envahi de ronces, des bassines immenses où trempait le linge, toutes ces images privées de récit. Comme si cela n'avait jamais existé. C'était comme une fiction, comme un rêve que j'aurais inventé. J'ai compris que les questions engendraient la douleur et ne trouveraient aucune réponse. J'ai accepté le silence. Cette femme m'a élevée par devoir. Elle n'avait pas beaucoup d'argent, elle a payé pour mon éducation. Quand j'ai été majeure, elle est repartie vivre en Pologne. Tout le monde était mort, là-bas aussi, mais elle a retrouvé les lieux de son enfance. Je suis allée la voir, plusieurs fois. La dernière, peu de temps avant qu'elle meure, elle a fini par me dire. Elle m'a raconté ces jeunes gens, Nicole et Henri, qui avaient risqué leur vie pour sauver la mienne. Elle n'était pas tout à fait sûre des prénoms, mais pour moi, ils résonnaient soudain d'une manière intime, familière. Des trois années que j'avais passées là-bas, elle ne savait pas grand-chose. Seulement qu'ils m'avaient gardée près d'eux, tout le temps, et élevée comme leur propre fille. Quand elle est morte, j'ai essayé de les retrouver. Mais j'ignorais leur nom. Elle l'avait oublié.

La méchante directrice fait les cent pas en attendant que Michka termine son récit, qu'elle juge apparemment d'un intérêt très relatif.

— On ne va quand même pas en faire une histoire.

— Vous ne comprenez pas.

— Je comprends très bien, madame Seld. Vous vous sentez redevable et impolie et vous n'avez pas tort.

— Non, ce n'est pas ça. C'est autre chose. Quelque chose de bien plus grand.

— De toute façon c'est trop tard, je vous l'ai dit. Vous ne serez pas la première à partir avec une ardoise ! Mais que les choses soient bien claires : *Quand* vous partirez, ça, c'est moi qui le décide.

Vieillir, c'est apprendre à perdre.

Encaisser, chaque semaine ou presque, un nouveau déficit, une nouvelle altération, un nouveau dommage. Voilà ce que je vois.

Et plus rien ne figure dans la colonne des profits.

Un jour, ne plus pouvoir courir, marcher, se pencher, se baisser, soulever, tendre, plier, se tourner, de ce côté, puis de l'autre, ni en avant, ni en arrière, plus le matin, plus le soir, plus du tout. S'accommoder sans cesse.

Perdre la mémoire, perdre ses repères, perdre ses mots. Perdre l'équilibre, la vue, la notion du temps, perdre le sommeil, perdre l'ouïe, perdre la boule.

Perdre ce qui vous a été donné, ce que vous avez gagné, ce que vous avez mérité, ce pour quoi vous vous êtes battu, ce que vous pensiez tenir à jamais.

Se réajuster.

Se réorganiser.

Faire sans.

Passer outre.

N'avoir plus rien à perdre.

Jérôme

Ça commence par des petites choses. Et puis ça s'accélère.

Car une fois qu'ils sont là, ils perdent gros. Par paquets.

Ils perdent un max.

Et ils savent que malgré leurs efforts – ce combat de chaque jour recommencé à zéro –, malgré cette bonne volonté dont ils font preuve, ils ne perdent rien pour attendre.

J'ai frappé à la porte, mais elle n'a pas répondu.

J'ai cherché dans le couloir, pensant qu'elle n'était peut-être pas encore remontée du déjeuner. J'ai demandé aux aides-soignantes où elle était, elles étaient sûres de l'avoir vue entrer dans sa chambre.

Je reviens devant la porte, je frappe une nouvelle fois. En l'absence de réponse, j'ouvre et m'avance avec précaution. Elle est assise dans son fauteuil, le regard dans le vague. Son visage me paraît plus émacié. Elle se tourne vers moi et me sourit. Je ne l'ai pas vue depuis longtemps, elle a été souffrante et nous avons dû annuler plusieurs séances. Il me suffit de quelques secondes pour comprendre qu'elle a lâché la rampe.

Un coup de poing dans le ventre ne serait pas plus douloureux. Je ne sais pas pourquoi j'ai tant de peine. J'en pleurerais.

— Bonjour Michka, comment allez-vous ?

Elle me sourit de nouveau mais ne répond pas.

— Vous êtes fatiguée ?

Elle acquiesce d'un minuscule mouvement de tête.

— Je peux revenir à un autre moment, si vous préférez.

Elle me regarde mais ne répond pas.

— Vous voulez que je reste un peu ?

— Oui.

Je prends la chaise et je m'approche d'elle.

— Je voulais vous dire… C'est…

Elle mime quelque chose qui s'échappe ou s'évapore devant elle. Ce geste d'impuissance me bouleverse.

— Tout est…

— Mais non, Michka, tout n'est pas parti. Vous traversez un gros coup de fatigue, cela arrive, mais il faut vous reposer et nous pourrons retravailler un peu.

— Oh non, je… mais si vous pouviez…

— Je vais rester un moment avec vous, ne vous inquiétez pas. Marie vous a téléphoné ?

— Oui, mais…

Ce même geste d'impuissance.

— Je… ne… alors… il faut…

— Elle vous donne des nouvelles ?

— Oui. Elle… telle… mais moi je ne… plus… trop de… et depuis le temps… il faut toujours… c'est si diff… diffus.

Elle me regarde avec un air coupable.

— Rassurez-vous, Michka, ça va aller.

Le silence s'installe entre nous.

Je pourrais proposer un jeu, ou bien sortir l'ordinateur portable de mon sac pour lui montrer quelques images ou lui faire écouter de la musique. Des chansons de variété, de l'époque où elle était jeune fille. Cela fonctionne très bien pour stimuler les souvenirs. Les résidents aiment beaucoup ça.

Mais je me tais.

Parfois il faut assumer le vide laissé par la perte.

Renoncer à faire diversion. Accepter qu'il n'y a plus rien à dire.

Me tenir assis, près d'elle.

Lui prendre la main.

Nous restons comme cela, elle ferme les yeux. Je ne compte pas le temps.

Je sens sa paume se réchauffer dans la mienne.

Je crois deviner sur son visage une onde de bien-être.

Après quelques minutes, je finis par me lever.

— Je repasserai vous voir demain, Michka.

Au moment où je m'apprête à refermer la porte, elle m'appelle.

— Jérôme ?

C'est rare qu'elle m'appelle par mon prénom. Celui-ci lui échappe, la plupart du temps.

— Oui ?

— Merdi.

Je les vois comme si j'y étais, ces étendues vides, arides, ces chemins dévastés, qui surgissent au milieu de ses phrases quand elle tente de parler. Paysages désolés, privés de lumière, d'une platitude inquiétante, et rien, plus rien à quoi s'accrocher. Perspectives de fin du monde. Elle commence une phrase et déjà les mots lui manquent, elle bascule, comme on tombe dans un trou. Il n'y a plus ni balises ni repères, car aucun sentier ne saurait franchir ces terres infertiles. Les mots ont disparu, et aucune image ne permet de les contourner. Sa voix, asphyxiée par l'étau de la défaite, se désagrège. Des obstacles inconnus lui barrent le passage. Masses sombres, elles-mêmes innommables. Plus rien ne peut se partager. Et chacune de ses tentatives tombe dans un puits sans fond où rien, jamais, ne sera récupéré. Elle cherche dans mon regard un indice, une clé, un chemin détourné. Mais mon regard n'offre aucun secours, aucune déviation. La route est barrée.

Le fil de l'échange se rompt.

C'est le silence qui l'emporte. Et plus rien ne la retient.

MARIE

Je ne l'ai pas appelée pour la prévenir. Les conversations au téléphone sont devenues si lacunaires, désemparées, qu'elles me laissent chaque fois un horrible arrière-goût d'échec.

J'entre doucement dans la chambre, pour lui laisser le temps de s'habituer.

Elle est debout près de la fenêtre, comme si je l'avais surprise dans un moment d'incertitude, de flottement, figée au centre d'une zone neutre, entre le fauteuil et le lit. Ce qui me frappe, ce qui m'assaille même, c'est à quel point, en l'espace de quelques semaines, elle a changé.

Elle est vieille.

Cette fois, ça y est.

Son visage s'est creusé, sa peau n'a plus la même couleur, son corps s'est amoindri, son équilibre semble plus précaire. Je ne dois rien laisser voir de la douleur que cette image suscite, je ne dois paraître ni surprise ni effrayée, il ne faut pas que mon corps trahisse ne serait-ce qu'un infime mouvement de recul. Je garde mon sourire et m'avance vers elle.

Elle me regarde, incrédule. Elle n'en revient pas. Je devine le trajet que cette information doit parcourir pour parvenir à son cerveau malgré l'absence d'avertissement préalable : c'est bien moi qui suis là et qui m'approche d'elle.

— Ohlàlà, Marie… mais le docteur ?

Elle est impressionnée par la taille de mon ventre. Émue aussi.

On s'embrasse, elle se tient à la barre du lit pour ne pas vaciller.

— Écoute, je passe mon temps allongée chez moi, du matin au soir et du soir au matin, je vais finir par devenir dingue, alors j'ai décidé de m'échapper ! J'avais envie de te voir.

— C'est… c'est le… jeune… le Jé… C'est le garçon qui t'a prévue ?

— Oui, Jérôme Milloux m'a téléphoné. Il m'a dit qu'il prenait une semaine de vacances et qu'il te trouvait un peu triste ces jours-ci, alors ça l'inquiétait de partir et que tu n'aies pas de visite pendant une semaine, parce que madame Danville a la grippe, tu le sais ?

— Ah… Mais il ne… Ce n'est pas… quand même… toi, il faut… faire attention.

— Assieds-toi Michka, je vais rester un petit moment. Et moi aussi, il faut que je m'asseye. Ne t'inquiète pas, je suis venue en taxi et j'en prendrai un autre pour repartir. Et depuis cette semaine, le bébé n'est plus en danger, même si je devais accoucher plus tôt que prévu.

Elle s'assied.

— Ah. C'est mieux.

Je la regarde. Nous sommes émues.

— Ça me fait tellement plaisir de te voir, Michk' !

— Moi oui. Pareil.

— Tu ne t'ennuies pas trop ?

— Un peu… mais pas si tant.

— Tu sais, j'ai pensé, comme tu n'arrives plus à lire, je pourrais t'apporter un lecteur CD avec des livres audio. Ils font des trucs super.

— Non… non… c'est trop diffus.

— Qu'est-ce qui est difficile ? D'écouter les disques ?

— Non… le… la… machine.

— Le lecteur CD ? Mais non, tu verras, ce n'est pas si compliqué. J'en ai un vieux qui a des grosses touches, tout est marqué dessus, je te l'apporterai la prochaine fois.

— D'abord… Si tu veux.

Nous restons pendant quelques secondes dans le silence. Elle me regarde. Elle sourit mais je vois tout. Elle a renoncé. Elle a renoncé à raconter, à expliquer. Elle se contente de renvoyer la balle.

— Je ne sais plus si je te l'ai dit, mais je suis tombée sur une sage-femme géniale, à la maternité. C'est elle qui me suit.

— Ah, bien.

— Et puis mon patron m'a appelée hier pour prendre des nouvelles, il est plutôt sympa. Même si j'ai été arrêtée plus tôt que prévu, il ne semble pas m'en vouloir tant que ça.

— Et le... (Elle cherche un mot, de la main désigne quelque chose de grand, de plus grand qu'elle.) L'Indien...

— Lucas ?

— Oui, voilà.

— Ben... il s'en va la semaine prochaine. Ils ont avancé son départ, le type qui occupait le poste en Inde a lui-même été muté plus tôt que prévu. Du coup, il ne verra même pas le bébé avant de partir.

— Ah... Mais... maintenant ?

— Il est très occupé par son boulot, les préparatifs de son déménagement, tout ça, mais il m'a bien aidée quand même, c'est lui qui me fait les courses, comme je ne peux pas bouger, et il m'a accompagnée plusieurs fois à la maternité. Mais ça va, Michk', tu sais. Je me débrouille. C'est comme ça... Je le savais, j'ai pris ma décision. Ça va aller.

Un silence encore.

Je pose mes mains sur mon ventre, par-dessus ma robe.

— Il bouge ?

— Oui, il bouge, c'est dingue.

— C'est bien gros.

— T'as raison. D'ailleurs, ça commence à peser ! La nuit, j'ai du mal à trouver une position, je fais la crêpe pendant des heures. Et toi, Michk', tu dors bien ?

— Oui… ça va.

Il faut que je m'habitue. Au silence.

— Et Armande, comment ça va ?

— Elle a été… en grippe… aussi. Dans la… pas… vue.

— Elle est restée dans sa chambre alors ?

— Oui. Encore… là.

— Les journées doivent te paraître longues, ma pauvre Michk'.

— Pas si tant. Mais… je ne sers pas.

— Et la télé ?

— Oh non, tu sais… trop de nuit.

— J'ai vu un film, l'autre jour, que Lucas m'avait chargé sur l'ordinateur. J'étais toute seule chez moi, je l'ai regardé, tranquille, allongée sur mon canapé. Mais quand le film s'est terminé, j'ai pleuré, mais pleuré ! Tu ne peux pas imaginer… Je ne pouvais plus m'arrêter.

— Oh… c'est à cause de ton… cintre… peut-être.

— Non, non. Enfin si, peut-être, mais pas seulement. Tu veux que je te raconte ?

Une étincelle, enfin, dans son regard. Elle adore que je lui raconte des films, des livres, la vie de mes amis. Elle m'écoute avec cette attention particulière qu'elle réserve aux histoires.

— C'est l'histoire d'un jeune garçon, qui a douze ou treize ans, élevé par son père. Ça se passe en Belgique, dans un coin assez pauvre, touché par la crise. On comprend que la mère du petit est partie, on ne sait pas pourquoi. Le père est retourné vivre chez sa mère, la grand-mère du gosse, avec ses deux frères, ils sont tous au chômage, ils ne font rien de leur journée, à part boire. Ce n'est pas vraiment triste, il y a des moments très joyeux même, ils font des courses de vélo, ils regardent la télé, mais le père cogne régulièrement sur le petit. Peut-être parce qu'il sent que son fils lui échappe, ou qu'il y a chez lui quelque chose de différent. Un jour une assistante sociale vient chez eux. Le père devient fou et il frappe la grand-mère, persuadé que c'est elle qui a alerté les services sociaux. La grand-mère ne dit rien. Le gosse est envoyé dans un internat, il se met à lire, à étudier, il commence une nouvelle vie. Plus tard, on découvre qu'il est devenu écrivain, il vit avec une femme qui va avoir un enfant. Vers la fin, il y a un moment magnifique où il vient rendre visite à sa grand-mère qui est dans une maison de retraite. Il vient pour lui dire merci. Il la remercie de ne pas l'avoir dénoncé, de ne pas avoir dit au père que ce n'était pas elle qui avait prévenu l'assistante sociale. Parce qu'en fait c'était lui. Tu ne peux pas savoir ce que j'ai pleuré. C'est un film très beau sur l'origine des choses, sur ce que chacun fait de là d'où il vient. Il t'aurait plu, Michka, j'en suis sûre.

Elle a l'air songeur tout à coup.

— Ah oui… Oui.

— Moi aussi, je voudrais te dire merci, Michka. Merci pour tout. Sans toi, je ne sais pas ce que je serais devenue. Sans toi je n'aurais pas pu rester rue des Amandiers, sans toi je n'aurais peut-être pas trouvé refuge. Et plus tard, je n'aurais pas pu étudier, et puis, quand j'ai été malade, tu as aussi été là, tu sais, et je ne suis pas sûre que j'aurais pu… me relever. Sans toi.

Michka essaie de cacher qu'elle est bouleversée, elle fouille dans la poche de son pantalon à la recherche d'un hypothétique kleenex.

— Oh… mais non.

— Mais si.

— Tu… tu… tu étagères toujours.

Nous nous taisons pendant quelques secondes.

— Comment ça s'appelle ?

— Le film ?

— Oui

— *La Merditude des choses.*

— Ah… La mercitude…

Elle réfléchit un instant, soudain très sérieuse.

— C'est un mot… poli… joli… Mais tu es sûre que ça existe ?

La nuit est tombée. Les rideaux à fleurs sont tirés.

Michka est debout, sous la lumière jaune du plafonnier. Seule au milieu de sa chambre, elle enchaîne des mouvements silencieux. D'abord prudents, puis plus téméraires.

Elle danse.

Elle lève les bras, tourne sur elle-même. S'incline, dans une sorte de révérence, puis se redresse, fière.

À plusieurs reprises, elle manque de perdre l'équilibre, mais se rattrape à chaque fois.

La voix de la petite fille revient, comme dans un rêve.

Est-ce que je vais dormir chez toi ? Tu laisseras la lumière ? Tu restes là ? Tu peux laisser la porte ouverte ? Tu restes à côté de moi ? On pourra prendre le petit déjeuner toutes les deux ? T'as peur, toi ? Tu sais où est mon école ? T'éteins pas, hein ? Tu m'accompagneras si maman ne peut pas ?

Michka ouvre les bras puis les referme sur son propre corps, les mains posées à plat dans son dos. Elle s'enlace elle-même un instant, comme elle tenterait de retenir quelqu'un, comme elle bercerait un enfant.

La vraie directrice entre dans la chambre après avoir frappé. Michka est dans son lit.

— Bonjour madame Seld, comment allez-vous ?

— Oui. Ça va.

— Monsieur Milloux, votre orthophoniste, il est en vacances cette semaine, vous vous souvenez ?

— Oui, c'est sûr.

— Il m'a appelée ce matin pour me demander de vous faire part d'un message. Il m'a dit que c'était très important. Comme vous ne pouvez plus répondre au téléphone, c'est à moi qu'il l'a transmis.

Elle sort de sa poche un papier sur lequel elle a noté quelques mots pour ne rien oublier.

— Il vous dit qu'il a retrouvé les gens. Les gens de La Ferté-sous-Jouarre, ceux que vous recherchez. Ils n'habitent plus là-bas, mais ils sont dans la région. Il va aller voir la dame, elle est encore vivante. Il vous racontera tout.

Michka a besoin d'un instant pour prendre la mesure de l'information.

— C'est… s… sérieux ?

— Oui, bien sûr, madame Seld. Tout à fait sérieux.

— Oh… merdi. Merdi beaucoup.

Michka réfléchit quelques secondes.

— Il faudrait le dire… à Marie. Lui… lui…

— La prévenir ?

— Oui.

— Je vais m'en occuper, madame Seld. Je vais lui téléphoner et je lui transmettrai, mot pour mot, le message de monsieur Milloux. C'est ce que vous voulez n'est-ce pas ? D'accord ?

— Oui, d'abord.

— Et puis je voulais vous dire que j'ai parlé avec l'aide-soignante, je lui ai expliqué. Elle m'a promis de faire attention et de ne pas refaire les choses après vous si ce n'est pas nécessaire. Elle est en repos, mais elle sera de retour la semaine prochaine et je reviendrai vous voir pour savoir comment ça se passe.

— Je ne sais pas comment vous dire…

— Ne me remerciez pas, madame Seld, c'est mon travail. Allez, j'y vais. Bonne journée.

JÉRÔME

Elle m'attend de pied ferme.

Elle connaît mes horaires. Elle sait que je suis dans l'établissement dès le matin, mais nous n'avons rendez-vous qu'à 15 heures. Comme chaque mardi. Elle se demande sans doute si je vais passer la voir avant, en coup de vent, juste pour échanger quelques mots. J'y ai pensé, mais j'ai eu peur que cela la perturbe inutilement. J'ai besoin de temps pour lui raconter.

Il est 15 heures et j'entre dans sa chambre, enfin.

Elle a fait l'effort de se lever (j'ai appris, par le personnel, qu'il lui arrive depuis peu de passer la journée au lit).

Elle s'est habillée et elle porte le foulard à fleurs dont je lui ai fait compliment à plusieurs reprises. Elle est assise dans son fauteuil.

À ma vue, son visage s'éclaire.

— Ah ! Bonjour… Jé…

— Bonjour Michka, cela me fait bien plaisir de vous voir. Vous m'avez manqué, vous savez !

Elle sourit. Réajuste ce qu'il reste de sa mise en plis.

— Comment vous sentez-vous ?

— Ça va, ça va. Et alors… les… amis ?

— Ah ! J'ai plein de choses à vous raconter. Vous êtes prête ?

— Oh oui. Très.

Son visage est tourné vers moi.

Tout semble s'être ralenti : les battements de son cœur, la vitesse de ses mouvements, le clignement de ses yeux. La chambre n'est plus que silence.

— Je vous raconte depuis le début. Vous savez, j'ai appelé Marie, avant de partir. Je vous trouvais très fatiguée, je m'inquiétais pour vous. Nous avons parlé un peu. Elle m'a dit que vous cherchiez ces gens, qui vous avaient sauvée pendant la guerre, et que vous aviez passé une nouvelle annonce, sans réponse. Elle m'a raconté ce qu'elle savait. Cela vous rendait triste, elle le voyait bien. Moi je n'avais rien prévu de spécial pour mes vacances, alors j'ai décidé d'aller là-bas. À La Ferté-sous-Jouarre. J'aime bien improviser. Je suis tombé sur une petite auberge, très agréable, j'ai traîné pendant deux ou trois jours, posé des questions, dans les cafés, les boulangeries, chez le notaire, chez le médecin. J'ai fini par trouver un vieux cordonnier qui avait connu Nicole et Henri Olfinger. Les prénoms correspondaient et le bruit avait couru qu'ils avaient caché une petite fille juive pendant plusieurs années. Le cordonnier m'a donné le nom de leur fille, Madeleine, qui s'est mariée et vit encore à La Ferté. Je suis allé la voir. Elle m'a accueilli très gentiment et m'a confirmé l'histoire. Ses parents la racontaient souvent. Ils pensaient à vous.

Je marque une pause, pour voir si elle tient le coup. Elle ne me quitte pas des yeux. Elle attend que je poursuive.

— C'est votre maman qui vous a amenée. Elle voulait vous faire passer en zone libre et vous confier à des amis que vos parents connaissaient, dans le département du Rhône. Mais la voie avait été bombardée et le train s'est arrêté en pleine campagne, pas très loin de La Ferté-sous-Jouarre. Votre mère vous a prise par la main et vous avez marché longtemps. Et puis elle a vu la première maison, à un kilomètre de la ville. Elle vous a dit de l'attendre sous un arbre, de ne pas bouger. Elle est allée frapper. C'est Nicole Olfinger qui a ouvert. Votre maman a supplié cette femme qu'elle n'avait jamais vue d'accueillir sa petite fille de sept ans. Elle a dit : « Il faut me prendre la petite. Je reviendrai, mais il faut me la prendre aujourd'hui. S'il vous plaît. » Henri s'est approché de la porte, ils se sont regardés et ils ont dit oui. Votre mère a répété qu'elle reviendrait. Mais elle n'est jamais revenue.

Je marque une nouvelle pause. J'observe Michka. Son visage ne trahit rien d'autre que l'extrême attention qu'elle porte à mon récit.

— Ils savaient très bien ce qu'ils faisaient. Ce qu'ils risquaient. Ils ont brûlé votre manteau avec l'étoile jaune cousue dessus. Ils vous ont cachée. Tout ce temps. Aux voisins, aux amis, ils ont dit que vous étiez leur nièce. En octobre 1943, il y a eu une rafle à La Ferté-sous-Jouarre, une quinzaine de personnes ont été déportées. Nicole et Henri ont eu peur d'avoir été dénoncés, ils vous ont cachée dans la grange, sous une bâche, une nuit entière, mais personne n'est venu. Plus tard, quand la guerre a été finie, un matin, une femme a sonné à la porte. La cousine de votre mère. Votre mère lui avait écrit une lettre, avec un plan, dessiné de mémoire, pour expliquer où elle vous avait laissée. Au cas où cela tournerait mal. Vos parents ont été déportés quelques jours après son retour de La Ferté. Voilà l'histoire qu'on a racontée à Madeleine, la fille de Nicole et Henri Olfinger, qui est née après la guerre. Votre histoire. Quand ils vous ont recueillie, ils venaient de se marier. Henri est mort il y a quelques années, mais Nicole est toujours là. Elle vit dans une maison de retraite de la région. Elle a quatre-vingt-dix-neuf ans.

Michka est face à moi. Des larmes coulent le long de ses joues, sans un bruit.

Je lui prends les mains, elles sont si froides que je crains que son cœur ait cessé de battre.

— Ça va aller ? Vous voulez que je vous raconte encore ?

Elle me fait signe que oui.

— Je suis allé voir Nicole Olfinger. Elle est aveugle et elle entend mal. Mais elle a toute sa tête. Je lui ai parlé de vous. Je lui ai dit que vous les aviez cherchés. Mais que vous n'aviez pas leur nom. Elle a compris. Je me suis permis de lui dire combien c'était important pour vous, aujourd'hui, de pouvoir exprimer votre reconnaissance. Elle était très émue, vous savez. Je lui ai dit que vous alliez être tellement heureuse de savoir qu'elle était encore vivante. De savoir qu'il n'était pas trop tard. Quand je lui ai demandé comment ils avaient tenu, pendant ces trois années, elle m'a dit ces mots que je voulais vous rapporter : « On dit non au pire. Et puis après, on n'a plus le choix. » Elle m'a dit aussi : « On ne doit pas être vaniteux de ces choses. »

Michka cache maintenant son visage dans ses mains.

— Vous savez, Michka, moi aussi j'ai pleuré, quand je suis sorti de sa chambre.

Elle reste comme ça, quelques minutes.

— Ça fait beaucoup d'émotions d'un coup, n'est-ce pas ?

Elle ne répond pas. Mais j'entends son souffle, et avec quelle détermination elle contient le sanglot.

— Au printemps, on pourrait essayer de vous emmener là-bas. Qui sait ?

Elle baisse ses mains et elle me regarde.

— Oui… mais… je suis si… grevée. Peut-être.

— Si vous voulez, je reviendrai demain avec mon petit bloc de correspondance et je vous aiderai à écrire la lettre. D'accord ?

Son menton tremble mais les larmes ont cessé de couler.

— D'abord.

Le lendemain, je la trouve assise à son bureau.

Prête.

Je m'assieds à ses côtés.

Je glisse le bloc devant elle et lui donne un de mes crayons de papier. Je sais qu'elle n'aime pas les stylos ni les feutres. Elle veut pouvoir effacer, recommencer.

Pendant quelques minutes, elle reste ainsi, le crayon levé. Elle attend les mots.

Je sais combien ils sont rares désormais. Lointains, ensevelis, mélangés.

— Vous voulez que je vous aide, Michka ?

Elle me fait signe que non.

Je m'éloigne d'elle.

Je m'assieds au bout du lit, je regarde par la fenêtre.

Nous avons tout notre temps.

Je la vois qui écrit. Très lentement. Une dizaine de mots. Sa main tremble, mais elle s'applique. Je sais qu'à cet instant elle donne tout, tout ce qui lui reste. Elle grille ses dernières cartouches.

J'entends le bruit du crayon sur le papier. Elle appuie fort.

J'aurais presque envie de m'allonger sur son lit et de m'assoupir quelques instants. Car dans cette chambre, près de cette vieille dame, je me sens étrangement en sécurité.

Elle a terminé.

Elle replie la feuille.

Sans regarder, je glisse le papier dans l'enveloppe et je la referme sous ses yeux. Elle a droit à cela, avant tout, cette dignité. J'inscris l'adresse de la maison de retraite de Nicole Olfinger, et le numéro de sa chambre.

— Je vais la poster en sortant.

D'un mouvement de tête, elle approuve.

— On se voit jeudi ?

Elle acquiesce de nouveau, épuisée.

Mais juste avant que je parte, d'un geste de la main, elle me retient.

— Et vous ?.... Votre p... pierre ?

— Ah...

— Que faire ?

— Je ne sais pas, Michka.

— Mais pourquoi si longtemps ?

— Vous savez, mon père n'a jamais vraiment cherché à me revoir. En fait, je crois que ma présence lui est insupportable. Il ne me connaît pas. Il ne connaît de moi qu'une image faussée, déformée, qu'il a figée à tout jamais.

— Mais pourquoi ?

— Je ne sais pas. Peut-être simplement parce que je ne suis pas le fils dont il a rêvé. Comme si quelque chose en moi lui faisait offense. Il me perçoit comme un ennemi. Il traque la preuve, la faille. Et puis il riposte, à sa manière. Mais les mots abîment, vous savez. Les insultes, les injures, le sarcasme, la critique, le reproche sont des empreintes. Ineffaçables. Et ce regard qui juge, qui cherche le point faible. Et puis les menaces. Cela laisse des traces, vous savez. C'est difficile ensuite d'avoir confiance. De s'aimer soi-même. Il a souffert. Beaucoup. Je le sais. Et le temps passe, c'est vrai, vous avez raison. Mais est-ce qu'il arrive un moment où les choses s'apaisent ? Je ne sais pas. Je n'en suis pas sûr. J'aimerais le croire. Il y a longtemps que j'ai pardonné. Mais j'ignore si quelque chose d'autre est possible. Quelque chose de plus doux.

Elle ne me quitte pas des yeux.

En guise de réponse, elle me rend le bloc et le crayon que je lui ai prêtés.

— Tout ça, il faut le mettre.

— Le mettre où, Michka ?

— Sur le papier.

— D'accord, je vous le promets. Je mettrai tout ça sur le papier.

Elle et moi sommes face à face.

— Alors, Michka, vous m'avez l'air en pleine forme aujourd'hui, un petit exercice pour se mettre en jambe ? Donnez-moi une dizaine de mots qui riment avec maison.

Elle répond du tac au tac.

— Raison, blason, foison, saison, liaison, floraison, cargaison, inclinaison, démangeaison, comparaison.

— Formidable ! On voit que vous êtes experte. Et maintenant des mots qui riment avec…

— Mort.

— Ah… Bon… Si vous voulez.

— Non, vous, allez-y.

— Eh bien… Tort, sport, port.

— C'est tout ?

Elle aime me taquiner.

— Je vous aide : sort, consort, report, effort, transport, aéroport… fort.

— Bravo Michka, c'est vous la plus forte en effet !

Je laisse le silence nous envelopper, c'est un espace qu'il faut savoir partager.

Mais après un moment je ne peux pas m'empêcher de prendre la parole.

— Ça m'énerve, Michka, je vous le dis tout net, les gens qui partent sans prévenir.

— Je ne vois pas de quoi vous parlez.

— On devrait être prévenus. Quand les gens vont mourir. Que ce soit leur choix ou pas, je m'en fous, après tout, c'est leur problème. Mais on devrait recevoir une lettre, un avertissement, un SMS, un message vocal, un e-mail, que sais-je, quelque chose de très clair, sans aucune ambiguïté : attention, monsieur Machin, madame Truc, votre cousin, votre amie, votre époux, votre voisin, votre mère risque de disparaître dans un futur proche, voire incessamment sous peu. Merde alors.

Je m'énerve inutilement, Michka semble impressionnée. Alors j'essaie d'expliquer.

— C'est vrai, c'est pénible à la fin. On croit toujours qu'on a le temps de dire les choses, et puis soudain c'est trop tard. On croit qu'il suffit de montrer, de gesticuler, mais ce n'est pas vrai, il faut dire. *Dire*, ce mot que vous aimez tant. Ça compte, les mots, ce n'est pas à vous que je vais l'apprendre, vous avez été correctrice pour un grand magazine si je ne me trompe.

— Qu'est-ce que vous voudriez dire ?

— Je n'en sais rien, moi ! Deux ou trois trucs pour la route… « C'était bien », « Ravi de vous avoir connue », « Très honoré », « Enchanté », « Bon voyage », « Bonne continuation dans l'inconnu », « Merci pour tout », je ne sais pas, moi ! Ou peut-être juste… vous serrer dans mes bras.

— Je vous en prie.

Je m'approche d'elle. Je sens son corps frêle prendre appui sur le mien, avec prudence d'abord, puis elle s'abandonne à l'étreinte.

La voix de Jacques Brel envahit soudain sa petite chambre.

Nous esquissons quelques pas de danse.

Une valse à cent temps
Une valse à cent ans
Une valse ça s'entend
À chaque carrefour
Dans Paris que l'amour
Rafraîchit au printemps…[1]

C'est elle qui se dégage.

1. Jacques Brel, *La Valse à mille temps*, 1959 (paroles : Jacques Roman Brel, Éric Blau), Warner Chappell Music France/ Les Éditions Jacques Brel.

— Vous êtes en train de rêver là, Jérôme, vous ne croyez pas ? Enfin, à vrai dire, je ne sais pas si c'est moi qui rêve ou si c'est vous ! Mais ça, c'est un rêve, j'en suis sûre.

JÉRÔME
(2)

Elle m'a plu tout de suite.
Je l'ai reconnue, oui, c'est le mot.
J'ai pensé : je prends tout.
Le sourire, la tristesse, les yeux cernés.
La petite fille sortie dans le parc sans manteau. La jeune femme avec un gros ventre qui sort du manteau.
Le bébé, l'eau du bain, la buée sur le miroir.

MARIE

Il y a tous ces mots convenus, empruntés, que l'on dit dans ces cas-là.

Pour consoler les autres. Tenter d'alléger leur peine. Et la nôtre par la même occasion.

« Vous avez fait de votre mieux », « Vous étiez très important pour elle », « Heureusement que vous étiez là », « Il vous aimait beaucoup », « Elle parlait souvent de vous ».

Personne ne viendra nous contredire.

Ce matin, à l'heure du réveil, Michka n'a pas ouvert les yeux.

Elle est morte dans son sommeil.

C'est la plus belle mort qu'elle pouvait espérer.

Je le sais.

Avant d'avoir tout perdu.

Jérôme, l'orthophoniste, me rejoint dans le couloir.

Il semble très affecté.

— Bonjour, je suis Jérôme.

— Bonjour, je suis Marie.

— J'aurais préféré vous rencontrer… dans d'autres circonstances. Vous avez pu la voir ?

— Oui, oui. J'ai passé la matinée près d'elle. Avant qu'ils l'emmènent. Elle avait l'air serein. Son visage était apaisé. On aurait dit qu'elle s'était endormie comme ça, avec la douce certitude de ne pas se réveiller.

Pendant quelques secondes, son regard me fuit, il s'échappe loin, vers une sombre pensée. Et puis ses yeux, de nouveau.

— On n'a rien trouvé de spécial ? Je veux dire… Le médecin vous a dit quelque chose ?

— Non. Rien de plus. Elle est morte en dormant, elle n'a pas souffert. C'est ce dont nous rêvons tous, n'est-ce pas ?

— Oui, bien sûr.

Il m'observe, il hésite un instant.

— Et pour vous, Marie, ça va ? Ce n'est pas trop… diffus ?

Je souris.

— Si. Mais pas si tant.

C'est lui qui sourit.

— Je voulais vous dire un grand merdi, Jérôme. Si vous me permettez de vous appeler Jérôme. Pour ce que vous avez fait pour elle. Aller là-bas, j'y ai pensé parfois. Mais je n'ai pas osé. J'avais peur que ce soit trop d'émotion, qu'elle n'ait pas la force. Mais vous avez eu raison.

— Vous savez, elle m'a apporté beaucoup. Énormément. Pour quelle raison on s'attache à certains patients plus qu'à d'autres, je l'ignore. Mais j'aurais dû lui dire merdi, moi aussi.

— Je crois que vous l'avez fait à votre manière. Vous viendrez aux obstèques ?

— Oui, d'abord.

— Il y aura des petits sandwiches.

— Au bâton sec, j'espère !

— J'y veillerai. Et au sermon.

— Et si vous avez besoin d'aide, pour vider la chambre, n'hésitez pas à m'appeler. Je suis souvent dans les parages, vous savez.

— Merci.

— À bientôt, alors ?

— Oui, à bientôt.

Je le regarde s'éloigner dans le couloir. Il entre dans une autre chambre.

J'entends sa voix claire à travers la porte.

— Alors, madame Lefébur, comment ça va aujourd'hui ?

CET OUVRAGE A ÉTÉ COMPOSÉ PAR PCA
POUR LE COMPTE DES ÉDITIONS J.-C. LATTÈS
17, RUE JACOB – 75006 PARIS
ET ACHEVÉ D'IMPRIMER SUR ROTO-PAGE
PAR L'IMPRIMERIE FLOCH À MAYENNE
EN FÉVRIER 2019

PAPIER À BASE DE
FIBRES CERTIFIÉES

JC Lattès s'engage pour
l'environnement en réduisant
l'empreinte carbone de ses livres
Celle de cet exemplaire est de
520 g éq. CO_2
Rendez-vous sur
www.jclattes-durable.fr

N° d'édition : 01 – N° d'impression : 93933
Dépôt légal : mars 2019
Imprimé en France